遂宁市脱贫攻坚诗歌散文选

蒲小林　主编

中国书籍出版社
China Book Press

图书在版编目(CIP)数据

遂宁市脱贫攻坚诗歌散文选 / 蒲小林主编. -- 北京:中国书籍出版社, 2021.5

ISBN 978-7-5068-8457-0

Ⅰ. ①遂… Ⅱ. ①蒲… Ⅲ. ①诗集-中国-当代②散文集-中国-当代 Ⅳ. ①I217.1

中国版本图书馆 CIP 数据核字(2021)第 071966 号

遂宁市脱贫攻坚诗歌散文选

蒲小林　主编

责任编辑	李国永
责任印制	孙马飞　马　芝
出版发行	中国书籍出版社
地　　址	北京市丰台区三路居路 97 号(邮编:100073)
电　　话	(010)52257143(总编室)　(010)52257140(发行部)
电子邮箱	eo@chinabp.com.cn
经　　销	全国新华书店
印　　刷	成都兴怡包装装潢有限公司
本　　开	880 毫米×1230 毫米　1/32
字　　数	160 千字
印　　张	5
版　　次	2021 年 5 月第 1 版　2021 年 5 月第 1 次印刷
书　　号	ISBN 978-7-5068-8457-0
定　　价	46.00 元

版权所有　翻印必究

编委会成员单位：
    遂宁市脱贫攻坚领导小组办公室
    遂宁市文化广播电视和旅游局
    遂宁市扶贫开发局
    遂宁市文学艺术界联合会

编委会：
主 任 周霖临 遂宁市委常委、政法委书记
        市总工会主席、市脱贫攻坚办主任
副 主 任 雷 云 遂宁市副市长、市脱贫攻坚办副主任
    勾中进 遂宁市政协副主席、市政府副秘书长
        市扶贫开发局局长、市脱贫攻坚办副主任

成 员 唐紫薇 冯 俊 胡建军 陈 立 罗 实
     刘兆喜 杨 兵 谭恢军 陈 勇 蒋久明
     蒋 澜 蒋华琼 何燕洪 张 加 杨 果
     范胡玲 陈 菊

组稿编辑：田文春 谢德锐 张燕玲 樊 利 刘安平 侯文秀
组织筹划：遂宁市扶贫开发局
     中国作家协会《诗刊》遂宁创作基地

目录

她在丛中笑
　　——遂宁市脱贫攻坚纪实 …………… 杨　俊 / 001

散文卷

金鸡报晓颂黎明
　　——赴金家镇金鸡村"扶贫"采风纪实 … 曹家万 / 014
健康扶贫铺就村民"幸福路"
　　——射洪卫生健康局健康扶贫纪实 ……… 陈远芝 / 019
金秋 ………………………………………… 陈学知 / 025
王建春的鞋与孩 …………………………… 侯文秀 / 029
回归的头雁 ………………………………… 蒋先平 / 034
凉风有信　幸福花开 ……………………… 寇　燕 / 056
左贫右扶的邻居 …………………………… 刘群英 / 060
荷满山塘香满沟 …………………………… 梁　才 / 070
射洪市九圣村 ……………………………… 李竹梅 / 076
同心、同行、同幸福
　　——"爱心企业家"赵海燕扶贫济困记 … 李龙剑 / 082

目录 / 001

火中情	刘　军 / 086
这里，每一滴水都是孕育者	庞雪君 / 090
不负青春好还乡	税清静 / 094
沃柑翠竹满龙滩，扶贫砥砺女"村官"	徐　冰 / 103
我的精神"脱贫"故事	叶长贵 / 110
川中"样板村"炼成记	张萃勇 / 114

新诗卷

二教寺村见闻	李林昌 / 122
致富之路	刘德禄 / 124
阳光走过金鸡山	罗明金 / 126
我相信	
——致拱市村第一书记蒋乙嘉	庞雪君 / 128
重建家园	任光福 / 129
铺烟桥葡萄园	田文春 / 131
新愚公	杨泽均 / 133
帮扶	郑明生 / 134

诗词卷

鹧鸪天·涪西脱贫攻坚战（外一首）	陈大君 / 136
沁园春·赴金家镇金鸡村"扶贫"采风	曹家万 / 137
满江红·赞白马庙村脱贫攻坚	陈天佛 / 138
〔仙吕·寄生草〕脱贫村秋日一瞥（外一首）	刘善良 / 139
行香子·云辰扶贫	罗艳春 / 140

满庭芳·山村气象新 …………………… 刘礼前 / 140
七绝　窑坝吟（七首）…………………… 廖化龙 / 141
水调歌头·见农户厅堂挂"天道酬勤"匾有感（外一首）
　　………………………………………… 马继清 / 142
赞银行扶贫贷款（外二首）……………… 全凤群 / 143
〔中吕·山坡羊〕随市政协欧斯云副主席一行到
　　射洪双溪镇定点扶贫村（外四首）……… 王晓春 / 144
访莲花湖畔新村（外四首）……………… 吴　江 / 145
七律·访涪西镇鲤鱼村扶贫安置点（外一首）
　　………………………………………… 谢德锐 / 147
水调歌头·扶贫攻坚 ……………………… 杨洪全 / 148
脱贫攻坚诗词（二首）…………………… 张　勇 / 148
鹧鸪天·脱贫攻坚抒怀 …………………… 张莘福 / 149
脱贫攻坚（二首）………………………… 张治祥 / 150

她在丛中笑
——遂宁市脱贫攻坚纪实

杨　俊

一

在人类的发展历程中，几乎每一次伟大胜利的取得，都是以泪水、汗水，甚至鲜血、生命为代价。胜利越伟大，牺牲越慷慨。

从 2013 年习近平总书记提出"精准扶贫"重要思想，到 2015 年《中共中央国务院关于打赢脱贫攻坚战的决定》明确"到 2020 年农村贫困人口实现脱贫，全面建成小康社会"，中国共产党对中国人民作出的这一庄严承诺，意味着在接下来的 8 年精准扶贫、5 年脱贫攻坚的历史进程中，将有数以亿计的农村贫困人口从根本上改变生活环境，提升生活质量。这是人类历史上从未有过的最大范围的群体性命运改变。这一庄严承诺的背后，也预示着这项任务的艰难、漫长和光荣。

2013 年的遂宁，全市有贫困村 323 个，建档立卡贫困人口 212425 人，在全省片区外 9 个市州中，这两项指标遂宁均排在第二位。这样的"名列前茅"与将要完成的目标任务之间的巨大差距，多少是让人心生忐忑的。"始终满怀初心如磐的为民情怀，始终保持昂扬向上的奋进姿态，一仗接着一仗打，一年接着一年干，精准施策、不胜不休。"市委书记邵革军在动员部署会上信心百倍、言语铿锵，鼓舞着全市人民"立下愚公移山志，咬定目标苦干实干"，坚决打赢脱贫攻坚这场具有划时代意义的伟大战役的信心！

二

时代呼唤英雄。伟大的时代也从不缺少英雄。随着脱贫攻坚冲锋号的嘹亮吹响，一个个英雄的身影在遂州大地纷涌而现——

"让鲜花开满村庄，让土地充满希望，让乡亲们过上城市里人都羡慕的生活！"首届"全国脱贫攻坚奋进奖""全国最美基层干部"获得者蒋乙嘉，怀着美好愿望、带着一腔激情回到了家乡蓬溪县常乐镇拱市村。新修乡村道路，加强农田水利建设，引进特色种养殖促进农业产业化发展……八年间，他将经商多年积累的2000余万元全"扔"在了这片故土桑梓间，为拱市村"换"来了人均纯收入六年翻两番的红红火火，"换"来了四川省"环境优美示范村庄""综合治理先进村""四川百强村""全国文明村"等诸多荣誉。如今，拱市村与周边5个村合并建立的拱市联村，正在这名共产党员、退伍军人的带领下，在更广阔、更辽远的丘陵田野中，播种希望，收获幸福！

　　2015年，离家多年的范海全回到家乡射洪县玉太乡改板沟村，筹资600万元成立了玉泰种植专业合作社，带领建档立卡贫困户全力发展洋姜产业，当年实现收入翻番。随后，个人投资1000多万元建立洋姜深加工产品生产线，实现户平增收上万元。如今，这位遂宁市"劳动模范"、四川省"脱贫攻坚奋进奖"获得者，又在如何做好乡村旅游这篇"大文章"上动起了脑筋，开始了探索。

　　同样是在2015年，来到大英县玉峰镇斗笠村驻村帮扶的工作队员周义双，面对的是村集体经济为零的窘境。6年坚守扶贫一线，誓要改变乡村面貌。他依托帮扶单位的资源优势组建劳务输出队，当年集体经济收入突破3万元；2018年，50亩虎斑蛙养殖基地落户斗笠，玉鑫丽景产联式专业合作社成立；如今，全村已形成以600亩脆红李为主导、套种400亩蔬菜的核心产业，村民通过务工收入近100万元，村集体经济全年增收5万元。

　　2017年底，省级贫困村、蓬溪县三凤镇兰草村顺利脱贫，"第一书记"李琳也完成了她的两年任期。然而，她却谢绝了回城机会，自愿继续留在了这片红土地上。兰草村虽贫瘠多坡，却恰好适宜瓜蒌、黄精等中药材种植。"做给村民看，带着村民干。"家庭经济并不宽裕的李琳，瞒着丈夫偷偷贷款16万元承包了村里近30亩荒地，开垦、栽种、养育、培植，千斤重担一肩挑。又一个两年过去了，兰草村摇身一"变"成为了产业大村，中药材种植已涵盖家家户户，300余户村民人均收入超 7000 元，全村总收益过百万元。李琳，也赢得了"中国社会扶贫网"全国最美代言人、四川省优秀"第一书记"的荣誉桂冠。

2017 年 9 月，船山区纪委监委分管扶贫的干部朱海英，丈夫因病成为植物人，家中上有老、下有小，体重不到 90 斤的她一下瘦了十几斤。"现在正是脱贫攻坚的决战决胜期，作为一名共产党员，关键时刻我怎能'掉链子'？"漫长的四年，她顶风冒雨奔走在乡间小路上，无数次深入龙凤镇棕树村、唐春村、寨子村等帮扶村了解村情，成为了近百户建档立卡贫困户家里的"常客"。四年间，她先后帮助协调争取各项资金 589 万元，协助引进 3 家农业产业企业，带动 25 名贫困户就近务工，帮销贫困户鸡鸭蛋、蔬菜、猪肉等农副产品 5 万余元。四年间，她倾听民意诉求，为群众办实事 80 余件，组织村民免费义诊，开展送国旗感党恩、打造"故事小院"等群众喜闻乐见的活动，用满身的"泥土味"浓烈了干群"鱼水情"。2020 年，负重前行的朱海英荣获遂宁市"脱贫攻坚奖"。

四川省第八届"劳动模范"、遂宁市"脱贫攻坚创新奖"获得者王家伦，家庭接连遭遇重大变故，妻子每 15 天需要化疗一次，自己脚踝骨折装着钢板，医生警告如不及时手术可能会留下残疾。然而，自 2018 年 3 月调任射洪县（市）扶贫移民局局长以来，几乎没有休假，特别是 2020 年射洪市代表四川省接受国家脱贫攻坚普查期间，他连续三个月主动放弃周末、节假日，拖着病腿跑遍了全县 30 个乡镇、80 个贫困村，走访座谈了 80% 以上在家贫困户，工作笔记和宣讲提纲达10余万字。1000多个日日夜夜的忘我奋战，射洪市脱贫攻坚工作由"遂宁后进"成为了"全市标兵"，在全省脱贫攻坚成效考核中连续两年位居"第一方阵"！

激发脱贫内生动力是扶贫工作的最终目标，既具有现实意义，更具有长远效力。而激发脱贫内生动力，实质就是扶志、扶智。

2010年，安居区拦江镇安乐山村村民陈勇家庭发生意外，妻子遭遇车祸险些瘫痪，为了治病不仅家徒四壁，还欠下外债9万多元。2014年底，陈勇一家被确定为建档立卡贫困户。享受着党的好政策，头脑灵活的陈勇却不愿坐等帮扶，他思考着怎样才能走出一条自强自立的脱贫之路。了解到镇上的产业规划后，他利用扶贫贷款和产业扶贫资金承包了村里的50亩撂荒地，开始种植胭脂脆桃。浇水、施肥、修枝、学农技，在照顾病妻的同时，他将所有的时间和精力全部放在了桃树上。2017年，已是当地有名"土专家"的陈勇又成为了全镇的"产业村官"、致富带头人，负责向周边群众传授、讲解桃树种植知识，带领大伙儿一起脱贫致富。2020年，在拦江镇莲湖脆桃采摘节暨特色扶贫产品订购会上，陈勇和他指导下的周边贫困户种植的胭脂脆桃，很快被抢订一空，卖出了好价钱……

三

正因为有了这样一支懂扶贫、会帮扶、作风硬的扶贫铁军，正是因为一个个温暖感人的扶贫故事坚实了脱贫奔小康的步伐，5300平方公里的遂州大地上，"大爱扶贫"捷报频传，致富之花竞相盛放！

在2016年至2019年四川省脱贫攻坚成效考核中，遂宁市3年获得"好"的等次，成为全省片区外4年获得3个"好"等次的3个市（州）之一。建档立卡数据质量综合评估更是在全国291个有脱贫攻坚任务的市（州）中排位第一。贫困劳动力稳岗就业、产业扶贫、教育扶贫、健康扶贫、消费扶贫、扶贫小额信贷、脱贫攻坚总结宣传、普查调查等工作都走在了全省前列。这支扶贫铁军，创造了遂宁减贫进度最快、脱贫成效最优、贫困群众得实惠最多的历史最好成绩！

"概括地说，就是做到了'四个最'，在'插花式'贫困地区走出了一条具有创新性和借鉴意义的脱贫攻坚'遂宁路径'。"遂宁市政协副主席、市政府副秘书长、市扶贫开发局局长勾中进如此介绍。

组织领导最强。遂宁成立了以市委书记邵革军、市长邓正权任双组长和17名市级领导任副组长的脱贫攻坚领导小组，形成了"一把手"负总责、市县乡村四级书记"一起抓"的脱贫攻坚大格局。"一把手"高位推动，"一盘棋"上下齐心，"五个一"帮扶力量空前汇聚，党的坚强领导成为打赢脱贫攻坚战的政治保证。

政策措施最细。脱贫攻坚工作开展以来，市委、市政府先后出台了《关于集中力量三年打赢扶贫开发攻坚战的决定》《关于打赢脱贫攻坚战三年行动的实施意见》等文件，分年度编制"10+N"个扶贫专项实施方案,针对"两不愁、三保障"突出问题,精准制定产业扶贫"村村入园、户户入社"、住房安全保障"四类模式、八项政策"、医疗保障"两个下沉、两个提升"、教育保障"六大行动"、就业扶贫"九条措施"等政策。下足"绣花"功夫,为遂宁脱贫攻坚连战连胜奠定了坚实基础。

财政投入最多。2016年以来,遂宁累计投入各类扶贫专项资金132.12亿元,撬动金融精准扶贫资金投入145.16亿元。市、县财政专项扶贫资金年均增幅分别达到45.58%、58.18%。教育救助、卫生救助、产业扶持、扶贫小额信贷分险"四项扶贫基金"累计筹资3.11亿元,使用率71.8%,惠及贫困人口22万人次。扶贫小额信贷累计为27769户贫困户、31户边缘户放贷8.13亿元,贷款规模在片区外排位第1。

制度保障最优。按季打响"春季攻势""夏季战役""秋季攻坚""冬季冲刺"脱贫攻坚年度"四大战役",实施每月战报制度,脱贫攻坚工作更有规律性、连续性。鲜明提出"干得好受激励、干不好受惩戒"的工作导向,先后出台了《脱贫攻坚奖惩情况组织(人事)部门备案工作制度》《遂宁市脱贫攻坚常态化约谈工作办法》,为打好脱贫攻坚战提供了最优制度保障。

让贫困群众住上好房子、过上好日子、养成好习惯、形成好风气,这既是四川省委针对全省实际提出的高要求,也是精准扶贫的目的所在。遂宁在努力实现"四个好"的征程上,脚踏实地,一步一个脚印。

突出组团发展、三产融合、利益联结，坚持以产业增收为核心，推动"村村入园、户户入社"，确保贫困村、贫困人口稳定脱贫奔小康。

拆闲、改危、建新，"三种方式"并举；维修加固、拆旧建新、拆旧留权、拆旧退权，"四类菜单"任选；"四类模式""八项政策"的整合施行，实现了全市土坯房整治工作由始至终零信访、零诉讼、零强拆。

创新城市医疗机构和医务人员"双下沉"，基层医疗服务质量和效率"双提升"，实现了贫困群众"小病不出村、大病不出县"，有效提高了贫困区域的医疗水平，切实保障了贫困群众的医疗服务。

深入实施学校建设优先、教师素质提升、优质资源共享、贫困学生关爱、贫困家庭帮扶、大学生回引创业"六大行动"，创新开办普高志翔班、职高志强班，"分类施策"的教育扶智帮助寒门学子圆了"大学梦"，阻断了贫困人口代际传递。

积极构建政府主导、社会主动、群众主体的社会扶贫"三主"格局，有效搭建组织动员、帮需对接、宣传报道、社扶网"四个覆盖"，近五年累计投入社会扶贫资金54亿元，被列入中国社扶网全国首批试点市，成功承办全省社会扶贫工作推进会、四川扶贫公益晚会。

全面落实中省"乡村振兴"战略部署，统筹推进乡村"五位一体"协调发展，健全自治、法治、德治"三治"融合乡村治理体系。全市创建幸福美丽新村1103个、省级"四好村"239个、市级"四好村"1024个，评选"四好户"5.5万余户……

大刀阔斧，斗志昂扬。四川遂宁，在恢弘壮阔的时代大潮中，以如椽大笔书写着属于自己的辉煌和荣耀！

四

科学研究表明，2020年的冬天，将是近60年来最寒冷的一个冬天。

但对于数以亿计的中国农村贫困人口来说，2020年的冬天，无疑是数千年以来最温暖、最幸福的一个冬天！

11月23日，中国政府向世界郑重宣布：随着贵州省紫云县等9个县退出贫困县序列，中国832个贫困县全部摘帽，提前10年实现了《联合国2030年可持续发展议程》的减贫目标。

四川遂宁，随着最后42户104名贫困人口实现高质量脱贫，贫困村、贫困人口、贫困发生率全部清零，历史性地全面消除了绝对贫困。

八载寒暑，八载春秋，近三千个日夜的奋斗进取，遂宁的精准扶贫终于迎来了"山花烂漫"时！

此时，回头看看走过的路，我们会陡然发现，那历时八年的漫漫征程是何等的艰难险阻，又是何等的波澜壮阔。市委书记邵革军在10月15日全市社会扶贫工作推进暨脱贫攻坚奖表扬大会用了三个"前所未有"来进行表述：参与广度前所未有，投入强度前所未有，奉献力度前所未有。

现在，我们已很难用文学的语言来形象地刻画这三个"前所未有"了，那么，就用更简洁明了的数据图表来体会遂宁的攻坚力量、感受遂宁的攻坚精神吧！

在这场注定载入史册的伟大脱贫攻坚战役中，遂宁全市有520个机关和企事业单位、4306名第一书记和驻村工作队队员、597名农技员、42691名帮扶责任人、392家民营企业、300个社会组织以及6992名各级人大代表、1437名市县政协委员、5个民主党派投身战斗，还有为数众多的外地驻遂机构、企业、社会组织、爱心人士踊跃参与，共同汇聚起了最广泛、最强大的"前所未有"的扶贫力量。

全市392家企业在323个贫困村实施扶贫项目776个，累计投入产业扶贫资金15.08亿元。市人大组织开展"脱贫攻坚——人大代表再行动"，募集投入各类资金3.9亿元。市政协组织开展"千名委员千件实事"助力脱贫攻坚，1400余名委员累计做实事2.3万余件。各民主党派踊跃参与、主动监督脱贫攻坚工作，帮助解决问题1448个，发现并推动整改问题181个。群团组织开展各类关爱帮扶行动，惠及贫困人口15万人次。"前所未有"的投入强度温暖着广大贫困群众的心，彰显着社会各界无私奉献的大爱情怀。

蒋乙嘉、范海全、周义双、李琳、朱海英、王家伦、陈勇……一个个普通的退伍军人、返乡农民、乡村干部、帮扶干部、"第一书记"，他们不仅以汗水、泪水书写着生动感人的脱贫故事，更用生命谱写着一曲曲可歌可泣的攻坚壮歌，共同奏响了"前所未有"的"大爱扶贫·济善遂宁"的最美华章。

八载寒暑，八载春秋。

你能想象吗，在这幅波澜壮阔的时代画卷中，4万多人组成的帮扶"大军"风雨同舟、齐心协力的震撼图景；

你能感受到吗，360万人同频共振汇成的无私奉献"大合唱"，会传递出一种怎样的磅礴力量，又是怎样的令人心潮奔涌、激情难抑；

风雨送春归，飞雪迎春到。已是悬崖百丈冰，犹有花枝俏。俏也不争春，只把春来报。待到山花烂漫时，她在丛中笑。

五

对于中国所取得的扶贫成就，联合国秘书长古特雷斯这样评价道："过去10年，中国是为全球减贫作出最大贡献的国家。"俄罗斯科学院世界经济与国际关系研究所首席研究员阿丰采夫表示，中国扶贫减贫取得的成就，在世界范围内绝无仅有。印度夏马尔大学教授卡玛奇亚指出，2020年打赢脱贫攻坚战不仅是中国消灭贫穷问题，更是为人类社会作出的巨大贡献，为包括发达国家在内的所有国家作出了榜样，这是中国方案和中国理念对世界的贡献。

不忘初心，牢记使命。这是中国共产党人的时代担当和庄重承诺，这是为中国人民谋幸福、为中华民族谋复兴的责任使命。习近平总书记指出，脱贫摘帽不是终点，而是新生活、新奋斗的起点。当前，我国发展不平衡不充分的问题仍然突出，巩固拓展脱贫攻坚成果的任务依然艰巨。党的十九届五中全会将"脱贫攻坚成果巩固拓展、乡村振兴战略全面推进"明确列为了"十四五"时期经济社会发展主要目标，将全面促进经济社会发展和群众生活改善，推动人的全面发展、全体人民共同富裕取得更为明显的实质性进展。

过去的八年，我们众志成城万众一心，全面消除了绝对贫困；下一个五年，我们将全面推进乡村振兴，开启中国特色社会主义现代化建设新征程，为实现民生福祉达到新水平、人民生活更美好而努力奋斗！

"雄关漫道真如铁，而今迈步从头越。"为了实现"两个一百年"奋斗目标，为了实现中华民族伟大复兴的"中国梦"，属于我们的伟大征程，才刚刚拉开帷幕……

散文卷

遂宁市脱贫攻坚诗歌散文选

金鸡报晓颂黎明
——赴金家镇金鸡村"扶贫"采风纪实

曹家万

绚烂朝霞罩翠林,清风送我赴山村。2020年6月9日,受市委宣传部、市文联指派,我和罗明金、黄荆、梁君、何春霞等共5人前往金家镇金鸡村"扶贫"采风。

小车在画廊中穿行,对于一个曾经在大西北戈壁荒漠中工作过的我,面对从车窗前掠过的翠树、野花、华居、绿苗,欣赏这醉人的山乡田园风光,真有一种恍入仙境、心旷神怡的感觉啊!

9点10分,我们到了金家镇。和镇领导见面后,由副镇长兼金鸡村第一书记张岳带路,前往目的地金鸡村。过了罗家垲,张岳书记就给我们说:"到了金鸡村的地盘了。"我们都特别留心地观察,除了这里的青山、绿水、畅路、美房和其他优秀乡村一样以外,给人特别印象的是,这里很少看见抛荒的田地。

车开了10多分钟,就到了金鸡村村办公室。该村党支部第一书记张岳、村支书蒋巧玲、村文书欧建,给我们比较详细地介绍了金鸡村的基本情况和取得扶贫攻坚胜利成果的艰辛历程，让我们一行人十分感慨！

金家镇金鸡村，属全市80个贫困村之一。全村辖11个社，326户，1072人，其中党员32人。全村耕地面积813.4亩。该村地理位置偏僻，离射洪市34公里，距金家镇7公里。我的老家离这里只有10来华里，可六、七十年从来没到这里来过，足见这里是个不起眼的地方。2014年前，该村交通不便，村社道路几乎全是烂泥路；村民分布较散，居住位置落差较大，部分村民住在高坡顶上，生产生活不便，770多人饮水困难；长期以来金鸡村土地种植全是小麦、油菜、玉米、红苕等传统农业作物，收益微薄。2014年全村建档立卡贫困户80户198人，年均人收入在3000元以下，且村无集体收入、无卫生室、无文化室，被评为省级贫困村。

从2014年起，该村党支部前任第一书记张强、村支书梁国永和继任党支部领导们，带领党支部一班人，发动广大群众，年复一年，前赴后继，投入到扶贫攻坚的艰苦工作中去。

首先解决"行路难"的问题。2014年以来，镇村两级和各个帮扶单位积极协调，相互联动，通过一事一议、争取扶贫专项资金、各帮扶单位帮助资金、村民自筹等方式共筹集资金700余万元，通过5年时间建设，修通了金鸡村9.1公里村级道路和7.6公里社级道路，让90%的农户可以开车进院坝，实现了户户通。

同时解决用水问题。通过遂宁市委老干部局帮扶25万元和向射洪水利局争取20万元，实施了集中供水和分散供水工程，彻底解决了村民的自来水供应问题；通过农业农村局"土地整改项目"，该村修建了一个能灌溉500余亩土地的提灌站，为引进规模化农业提供了先决条件。

抓紧解决住房问题。安居才能乐业，住房是老百姓十分关心的问题。扶贫攻坚工作中，该村通过易地搬迁30户、土坯房改造84户，让所有村民住房得到根本改善。

在解决了"路""水""房"三大问题的基础上，该村还用遂宁市老干部局帮扶的25万元修建了一个600平方米的集办公、文化、卫生为一体的村级文化中心。

要脱贫致富，关键是发展经济，增加村民收入。2014年以来，金鸡村在继续抓好粮食生产的同时，引导年轻人外出务工增收，鼓励老年人、病残贫困户养殖家禽，种植香桂、沙糖桔等经济作物。同时，积极发展重点产业，吸引本村成功人士梁国旺携800余万元资金回乡创业，3个社35户村民共流转土地350余亩，创建"旺利种植专业合作社"，种植红心猕猴桃和藤椒，全村贫困户分红每年达10万元，解决20余户贫困户务工问题，每户年均增收3500元以上。加上村集体"光伏发电"收入和村民庭院经济收入等综合扶贫措施，2019年金鸡村彻底脱贫销号。

思想上的脱贫比物质上的脱贫更重要。根据党支部负责人的介绍，5年来，他们始终抓紧抓好居民思想教育，克服"懒、残、弱"现状和"等、靠、要"思想，让贫困户奋发有为，乘政策帮扶春风努力增加收入。现在，每户贫困户皆能根据自身实际，确定好致富的门路，连有名的"上访户"梁上民都变成了脱贫积极分子、村上的义务宣传员,村民的思想觉悟和精神风貌发生了巨大的变化,贫困村也被评为省级四好村。

村干部的介绍和我们采访组一行人不时的提问,进行了一个多小时。我们觉得有必要现场去看一看。于是,村干部领我们参观他们的集中安置点。

沿途,只见一排排漂亮的别墅,村干部介绍说,那些是在外打工比较成功的人士修的,大抵每年春节回家,一长串的小轿车开进村,着实风光。其余的房屋也都修得很不错。

村居民集中安置点,30户人家,由政府统一规格建造,每人只需交3000元即可入住,十分整洁、美观,让我这城里人也羡慕。我们采访组一行5人走进了住户李仁康的家,只见家中壁挂大屏幕彩电、空调、洗衣机等城里人享受的电器、家具,该户一样不缺。我们在院子里和几个老太婆、老大爷聊了一会儿天,从他们红润的面孔、健康的体魄和轻松、愉快的话语中,我们感受到了农村人享有的一种愉悦、祥和的幸福感。

罗明金老师随口问了一个老大爷,这金鸡村名字的由来。这老大爷说,村里有一座山,山头酷似一只金鸡的头,于是取名为金鸡村。是啊!自古以来,这大鹏、金鸡,都是英武、吉祥的代名词,金鸡报晓,黎明即至,可这黎明的到来,也一定是在脱贫攻坚取得胜利之后啊!

村干部又带我们去参观梁国旺创建的"旺利种植专利合作社"。那里的350亩红心猕猴桃,种植在村里最高一层的山顶台地上。路很陡,我坐在车里,上坡时真有些提心吊胆,但开车的何春霞女士手艺很不错,不时地安慰我们。

看了生长繁盛的、果实正在成长的、大块大块地的红心猕猴桃,听了梁老板儿子的介绍,我们真为这富民壮举叹服,先进的、完善的除虫、除草、施肥和果实保护技术,现代化的灌溉设施,吸纳30多名贫困户居民务工,增加居民收入,利国利民哪!联想起在办公室村干部介绍的村民李代兵在山东济南创建一装饰装修公司,常年带领20多村民务工致富,资助10万元修建村道路和扶持贫困老人,这梁国旺、李代兵等人,可算是村里扶贫攻坚的急先锋,乡村振兴的排头兵啊!

在这里,我们还要向扶贫攻这些年来,长期向金鸡村提供各种形式帮助的帮扶单位中共遂宁市委老干部局、射洪市人大常委会机关、射洪农商银行、射洪工商银行、四川欣泽实业有限责任公司,表达崇高的敬意!

采访一直到中午12点才结束。吃过午饭,我们采风组一行驱车回城。笔者望着崭新的沥青路面,看着蓝天白云下的灿烂阳光,迎着扑面而来的股股清风,回想采风中的满满收获,创作灵感瞬间迸发,吟成一首七绝《采访金鸡村》:

　　　　采访典范僻乡行,
　　　　精准扶贫伟业兴。
　　　　昔日穷村今嬗变,
　　　　金鸡报晓颂黎明。

健康扶贫铺就村民"幸福路"
——射洪卫生健康局健康扶贫纪实

陈远芝

仲夏七月,尽管是清晨,习习微风中还是带有些许热浪。射洪市金华中心卫生院的健康检查点却早已人声鼎沸,热闹非凡,老百姓结伴而至,"白衣卫士"忙于其间,或咨询、或检查、或采血,各项工作有条不紊,秩序井然。这,便是射洪市卫健系统深入开展健康扶贫工作的场景之一。

近年来,射洪市卫健局稳步推进脱贫攻坚专项行动,大力开展医疗救助、保障公共卫生、实施分类救治,坚持输血与造血并重,提升贫困群众医疗服务可及性,全面保障了贫困患者"病有所医",有效防止了当地群众"因病致贫、因病返贫"。

医联体盘活基层资源,卫生院迎来崭新面貌

"过去由于专业人才和设备落后,卫生院只能开展一般性的检查,像血管造影这类检查只能到上级医院,除了给患者增加负担,有时候也会延误最佳的治疗时间。"射洪市金华中心卫生院放射科科长李长金说。

实际上,像金华中心卫生院这样的困境,对于基层卫生院来说并非个例。

当前,随着群众生活水平的提升,要满足群众就医需求任务艰巨。射洪市卫健局通过"以城带乡、城乡共建",探索构建以医联体为基础的新型医疗服务体系。以金华中心卫生院为例,遂宁市中心医院充分发挥三甲医院的专业优势,为该院打造了检验、影像、重症监护3个重点科室,培养专技人才10余名,援助了CT、DR、彩超和重症监护等一批医疗设备。

"遂宁市中心医院和射洪市金华中心卫生院医联体建设试点就是为了有效推动医疗资源纵向流动,促进优质医疗资源下沉,破解大型公立医院和基层医院之间各自为政的格局。"射洪市卫健局党组书记、局长于开表示,"通过医疗资源共享、技术帮扶、人才培养等方式,与乡镇卫生院开展医联体合作,突显射洪'以城带乡'医联体模式已在射洪全面推开,最终形成'基层首诊、双向转诊、急慢分治、上下联动'的格局,最大限度地方便基层群众就医。"

838个村卫生室服务群众,村民都说"看病更放心"

"我其实是青龙宫村2组的,听到村广播说市上的专家今天又来给我们免费看病了,就想再看看我这个心肌缺血、冠心病有没有好转一些。"2019年11月，81岁的老太太陈瑶群高兴地说。当天射洪市卫健局组织11名专家走进复兴镇九圣村，为当地村民开展义诊活动。

在复兴镇九圣村，联村卫生室的建设是一项为群众带去健康的民生项目。到目前，全市80个贫困村实现村卫生室达标，共计已有844个村卫生室服务于农村群众。

贫困村卫生室投入使用两年来，当地老百姓感觉就医方便多了，九圣村9社72岁的陈胜金老人对此深有体会。他的腿骨痛是老毛病，隔几天就要到卫生室拿药，刚花了20元钱拿到药就得到医治，疼痛得到缓解。陈胜金表示非常满意："我家到村卫生室才1公里路，方便得很，如果去城区至少60里路，乘车花钱又耽误时间，我们现在新修的卫生室好得很，看病方便又节约钱。过去很担心自己得了大毛病不知道，现在村里经常都有市上的专家来帮我们免费检查，我放心多了！"

据悉，2016年以来，射洪市共80个贫困村卫生室全面完成新建和标准化打造，并投入使用。同时，卫健局积极与天齐锂业公司联系，扎实推进"天遂"联村示范卫生室项目建设。目前，像复兴镇九圣村这样的联村卫生室，射洪市已建成6个，并投入使用。

于开表示，联村卫生室承担着解决基层老百姓健康问题的重任，同时也能保障健康扶贫政策的落地。他说，想要让村卫生室发挥出最大作用，就要充分利用专家支医、分层次选派人才到上级医院进修、市级医院定点指导及个人主动学习相结合，提升服务能力和业务水平，才能让当地老百姓受益、认可、满意。因此，射洪市卫健系统进一步改进医疗作风，改善服务环境，让每位患者都享受到了全民健康的成果。

驻村帮扶出"实招"，疫情期间送保障

"感谢党和政府，感谢卫建局领导们，每当逢年过节或遇上困难，你们总是关心帮助我们，现在又给我们送了化肥，真是太好了！"贫困户王言太领到化肥时脸上笑开了花。4月初，为解决帮扶联系点仁和镇庙子沟村村民春耕化肥不足的燃眉之急，射洪市卫健局积极与相关部门协调，争取到3吨复合肥赠送给庙子沟村村民，并联系农技人员，对该村贫困养殖户进行技术指导，帮助他们抓紧春耕生产。

据悉，仁和镇庙子沟村作为原射洪县爱卫办的帮扶村，机构改革后由射洪市卫健局联系帮扶。局党组调研后，确定了利用庙子沟沟深坡缓的地理特点，抓好土地流转，大力发展种养殖产业，种植甜橙120亩、294川薯40亩、大豆80亩、青花椒153亩。此外，还成立了庙子沟村创博产业合作社，鼓励发动贫困户参与村集体产业发展，贫困户和村集体按照比例进行收益分红。

即使在疫情期间，射洪市卫健局也没有停止驻村帮扶工作，促进了所联系的两个贫困村50户贫困户生活有保障，生产有序恢复。

于开告诉记者："为有效解决因疫情防控给贫困户带来的生产生活不便，帮扶干部使用电话、微信进行联系，了解帮扶对象情况，通过相关渠道帮助采购物资、代购滞销农副产品等方式，先后向贫困户赠送价值 9450 元的物资，代销 10000 余元的农副产品，并对贫困户的医药、防疫给予了保障。"

多措并举重宣传，扶贫政策送到家

健康扶贫政策内容较多且专业性强，很多贫困户看不清楚、听不明白，理解也很片面。做好政策宣传是非常关键的问题。

射洪市卫健系统多管齐下，把健康扶贫政策送到了贫困群众家里。

"杨书记，你们这么早就进沟来了呀？"在庙子沟村 6 组贫困户易地搬迁点，建档立卡贫困户王德普和老伴正在屋内吃早饭，看见卫健局机关党委书记杨先武带领帮扶干部到家来马上起身热情打招呼。2019 年 11 月 7 日，射洪市卫健系统的扶贫干部走进仁和镇庙子沟村，开展入户走访和健康扶贫政策宣传活动，得到了村民的一致好评。

每到一户村民家里，帮扶干部们都宣传党的扶贫政策，引导他们懂得珍惜今天的幸福生活，感恩党和国家的扶持，鼓励他们自力更生，早日脱贫致富。

在驻村扶贫工作中，有时遇见突降暴雨，刚开始还满头大汗瞬间就被雨水浇湿全身。但是，帮扶干部们仍然不怕雨淋路滑，冒雨走泥泞山路入户走访。有时艳阳高照，火热的太阳炙烤着大地，他们依然不惧炎热，探视患重病贫困户，及时送上党政的关怀和健康扶贫政策。

不仅走村串户上门宣传，射洪市卫健系统还利用各乡镇当场赶集等日子开展乡镇文艺巡回展演，将扶贫政策融入曲艺、小品等表演形式，让老百姓想看、想听，强化宣传力度。此外，还通过市脱贫攻坚QQ群、微信等媒体平台推送扶贫政策等方式，让帮扶单位、帮扶干部"一对一"传递政策信息，特别是外出务工贫困人口同列为重点宣传对象，确保宣传无死角。

金 秋

陈学知

十月二十日，周六，单位没放假，全体人员下乡扶贫。八点半准时出发。皮卡车高歌着扶贫的凯歌朝我们的扶贫村驶去。乡村公路正在扩建中，车像外婆手中的摇篮，摇摇晃晃，颠簸不堪。但车内的笑声却像二月里的春风，我们选择各种墙纸用布丁相机拍照取乐。车内笑声朗朗。车外秋色欢颜，一片片柚子树上挂满了果实，一片片药瓜丰硕了成果，一片片成熟的黄豆燃遍了整个乡村，一块块红苕成熟了季节。农人们沉醉在收获中。乡亲们笑了，漫山遍野的野菊花也笑了。芭茅花仿佛也被彻底感动了，她们在山湾的臂弯中，在微微的山风中，在温存的秋阳中，柔美而又娴熟地撒着欢。

我们都有各自的扶贫对象。下车就各奔各的扶贫对象。我的帮扶对象是一个黑瘦老头，姓马，我叫他马叔。他有支气管炎和低血糖。以前没钱治病，长年累月躺在床上哼哼唧唧。自从扶贫的阳光照遍祖国大地后，他不再为医疗费用发愁，住进医院进行系统治疗后，身体渐渐康复起来。他原本是一个自强自立的勤劳之人。病痛一离身，他就养猪种地。

我一路独行，到了马叔家。但马叔那座才改建的新砖房门上却挂着一把锁。拴在阶沿上的狗亲热地直朝我摇尾巴，一群鸡鸭在院坝里撒欢觅食。我把给马叔买的奶粉、芝麻糊、肉和糖放在阶沿上的磨面机上。然后仰首看了看新砖房墙壁上的扶贫明白卡。我原计划今天来张贴，没有想到马叔已经公公正正地贴上了。这使我很感动。改建房屋搬进搬出那么乱，这张明白卡却新崭崭的，连一点灰尘都没有，可见马叔视这张明白卡的珍贵程度。

我找了一大转，才找着马叔。马叔在地里挖红苕。一见我，便摔下锄头朝我迎来，那满是皱纹的黑脸上绽放着笑容。我询问他最近的身体生活生产情况。他很兴奋，犹如见到了自己的女儿一样，滔滔不绝地说起来，说他现在住的新砖房比过去的土坯房住得舒适多了，安全多了，原基重建的两万元补助也领到手了。说他前几天又去免费体检了一次，身体比过去好多了。我等他说完。叫他保重身体。他望着我，黑瘦的脸上堆着笑。这笑自然，真诚，纯朴，充满了热力，充满了幸福感和满足感。每次我关心他，他都是这样笑着。这笑是从他内心深处溢出来的。

我想帮他理红苕，但是他不让。搓搓手上的泥巴，走出红苕地里。我不知道他要干什么，不由自主地跟在他的后面。只见他回家抱出几十个柚子和十几斤红苕粉条，叫我带回家。我不要。他说你每次来都给我买这买那的，我难道就不能给你一点东西吗？我说你是我的帮扶对象，我帮你是应该的，是我的应尽之责。他说这是我自家出产的，管不了几个钱。你如果不要，那你以后就别再给我买东西了。望着他一脸的深情厚谊，我无法再拒绝，只好在心里谋划着下次再多给他买一些东西。马叔找出袋子，把柚子和粉条给我装得好好的。泪水从我的眼里涌了出来。这是我的帮扶对象吗？这全然是一个父亲在用温情厚爱滋养着一个女儿的心。

这正是金秋时节。秋天的天很高，乡村的空气颇宜人。一阵微风拂来，我嗅到了浓浓的泥土芬芳和淡淡的野菊花味道。我把马叔散落在地上的衣服拾起，晾在院坝边的绳子上，然后给他拍了拍身上的泥土，再次叫他多保重身体。他的倾诉热望又再次奔放起来，我认真地倾听着。情意浸染着时光，点亮了山湾。十一点四十三分，同事来电话催我返程。我转过身去看了看马叔的家，一切都呈现出新气象，一切都预示着马叔的生活渐渐走向富裕。当我的眼光看到堂屋里的一大堆粉条和半屋柚子时，心里想，这里离街很远。马叔要把这些东西变成钱，那会费很多力。我不如帮他联系联系。这么想着我就把粉条和柚子拍成图片发在微信群里，来宣传红苕粉条的纯，柚子的甜。很快群里就炸开了，都纷纷报名买柚子，买粉条。不到几分钟我就把马叔家的一百多斤粉条，半屋的柚子销售完了。粉条十块钱一斤，柚子三块钱一个。十二点过同事们把粉条和柚子装上车，我帮马叔把钱清点好交给他。

马叔推着我的手，说出山之地，不收钱不收钱。我说一定要给的。马叔再次摇摆着他那粗大的手说粉条是自己做的，柚子是树上结的，遍处都是，落在地里烂了也就烂了。我说，你如果不收钱我们就不要了。好说歹说他才接过钱去。但当我要上车时，他又把钱塞在我的包里。我返身把钱塞回他的衣服包里，然后闪电般地跑开。没想到他又飞快地追来，说不收那么多，柚子收一块五一个，粉条收七块钱一斤。我说这已经是最便宜的了，城里三块一个还买不到这么大这么甜的柚子，城里十块钱是难以买到纯红苕粉条的。说罢我又把钱塞进他的衣服包里，然后以最快的速度上了车。我以为这下把钱给脱了，谁知我们的车刚转过一个弯，一辆摩托突然超过我们的车，招手叫师傅停下。车刚一停，一把钱就摔了进来。我下车去给他，他已经骑上摩托飞也似的跑了，从后背的风中飘过话来，说要不了那么多钱，哪会要你们那么多钱。

　　柚子他只收一块五一个，粉条他只收七块钱一斤。一分不多收。多么憨厚纯朴的农民啊！

　　我伫立在乡村公路上，望着他远去的身影，泪水再次涌了出来。

王建春的鞋与孩

侯文秀

在四川话里"鞋子"与"孩子"的发音是相同的。我是先注意到了王建春的鞋子,后来才知道她已经有了孩子。

一天,接到一个陌生电话:"你好,请问你是秀子老师?"电话里的声音很甜。

"嗯,你是?"我有些疑虑。

"我是骡捻村第一书记王建春,听说你要来我们村,那就这两天来吧,金丝皇菊开得正艳,青见也熟了。"那边热情发出邀请。

骡捻村?第一书记?我突然想起,有朋友曾给我介绍过,说骡捻村有个第一书记很能干,希望我去采访一下,结果一忙就把这事给忘了,没想到王建春是个女的。

有了邀请,便心生向往。遂宁连续一月的阴雨连绵,让我几乎很少出门,好在这两天终于放晴了。没想到出发前的夜晚,雨又滴滴答答地下起来,扰得我一夜无眠。不管风雨,我已决定执意前往。

新会镇是蓬溪县比较偏远的一个镇，听说骡捻村是新会镇最偏远的村，我害怕路上晕车呕吐，连早饭都不敢吃就出门了。没想到经过近些年的扶贫攻坚，蓬溪县早已实现"村村通""户户通"，乡村道路也全部硬化。虽然一路下着小雨，我却比约定的时间提前了半小时到达骡捻村，不想惊动王建春，正好雨也停了，我打算自己先随便看看。可是眼前的一切却让我怀疑，这是贫困村吗？

只见整个村里色彩斑斓，最绚烂的是金丝皇菊，一开就是一大片，很汹涌的样子，好像要淌下来，铺满整个山坡。果然跟王建春电话里说的一样，路旁的水果产业基地里青见已成熟了，树上的果子已挂满枝头，还有一些不知名的晚熟品种，几个村民正在地里给那些青果子套袋。见有陌生人来，其中一个年轻的妇女赶紧丢下手里的袋，歪歪扭扭地向我跑过来，她个子不高，一头短发，三十岁上下，戴着眼镜，脸上堆满了笑："你是秀子老师吧？"

"你是？"我没想到在这里还有人认识我，听这声音莫非是她？

"我是王建春，之前联系过你的。"她一边说，一边在路边跺脚，想抖掉鞋子上的泥巴，可那黄泥却死死粘在鞋上不愿下来。她只好将脚侧过来，在路边草地上来回搓，接着又随手捡起一根指头粗细的木棍，熟练地刮去鞋子四周的黄泥。这时，我突然注意到，她右脚上的鞋子，后跟与鞋底已经分了家。

"王书记，你的鞋子坏了！"我这人心直口快，生怕她不知道,然而,说完我就后悔了。因为我发现王建春脸上掠过一丝尴尬,我这才想起,她刚才从地里跑出来时的姿势有些变形,原来她的腿没问题。只见她红着脸说:"没事的,大不了不穿鞋子打光脚。黄泥巴粘性强,踩上就甩不掉,你小心别踩着了。"我赶紧岔开话题:"地里套袋的人都是本村的?他们一天能挣多少钱?"王建春的脸上随即恢复了正常,脱口而出:"有本村的,也有外村的,有的以前在外面打过工,现在就在村里务工,一个袋四分钱,一人一天可套2000个左右,能收入80元左右。"

"来,尝尝,这是早熟的砂糖橘。"王建春顺手摘了几个给我,而后提议,"走,我们回村委会,你看远处山上那些花,就是我们引进的金丝皇菊,既可观赏,还可入药、制茶、提炼精油,算得上是高附加值的产业了。"路上,王建春告诉我,别看骡捻村现在景色宜人,之前因为海拔高,水资源短缺,大部分村民都外出打工,坡上到处都是撂荒地。后来打听到邻村来了个水果种植能人朱派超,村"两委"便动员他来骡捻村投资,在朱派超的带动下,村里越来越多的农户也加入种植柑橘的行业,几年时间,便从当初的40亩发展到如今的350亩。

在平坦的水泥路面行走时,王建春的步态还算正常,可是雨又下得密起来了。路过易地安置小区,在一家人门口,几位老人正围在一起有说有笑地闲聊,老远就招呼我们过去躲雨,屋里沙发上有个两岁多的小女孩正在看电视动画片,一见王建春进门,立即从沙发上滑下来,屁颠颠奔向王建春,口中含混不清地喊着:"王妈姨,王妈姨……"王建春像抱自己孩子一样,一把将小女孩搂在怀里,不知从哪儿变魔术般摸出一颗棒棒糖来,"小敏,想阿姨啦?""嗯!"小女孩嘴里含着糖,使劲点了点头。这时我发现王建春的脸上洋溢着满满的母爱,接着她的眼眶便湿润了。

"小敏,下来,让爷爷抱,别把王阿姨衣服弄脏了。王书记,你又给小敏吃糖,你还是留些给你自己的孩子吃嘛。"那小女孩却摇了摇头,说话的老人发现王建春的鞋子坏了,执意要她脱下来让他修。王建春说下雨天鞋子太脏,死活不让老人修,两人正僵持着,房子主人找来一根细麻绳说:"王书记,你先用绳子把鞋底捆上吧,要不又要跟上回一样,得打光脚回去。"一听这话,说明王建春还不止一次把鞋子穿烂。等王建春捆好鞋子,我们从安置小区出来,我才发现这个小区有近二十户人,分别是两户一栋的小别墅,家家门前都有一块四四方方的小花园,小花园边上都有一个自来水龙头,花园里的菊花盛开,就像主人的生活一样美好。王建春说,这个小区住了18户51人,是村上最后一批易地搬迁的,2018年他们入住不久,骡捻村就通过验收实现了整村脱贫退出。

先前见王建春那么喜欢小敏,在去村委会办公室的路上,我不好直接问她有没有孩子,便开玩笑地问她结婚没有?王建春一听,哈哈大笑:"你看我像没结婚吗?我都是两个孩子的妈了。"她告诉我,她的大儿子九岁多了,小女儿都快三岁了。我掐指一算,不对呀?王建春下派已经一年多了,那下派来村上时小女儿才一岁多?王建春躲开了我的眼睛望着远处说:"是的,我下派时小女儿一岁零三个月,刚好隔奶……"她的声音有些颤抖而且越来越小。这时我的老毛病又犯了:"你没把孩子带到村上来带吗?"王建春说:"大的来过几次,小的来过一次,一来就生病,后面再不敢带来了。"我这时才想起,老百姓现在日子是过好了,可不见得下派干部的生活起居条件有老百姓好,因为村委会只是个办公场所,而并非住家,吃、住大人可以凑合,而一岁左右的婴儿的确没法照顾。

"一切都会好起来的!"我不知该说什么好,便找了这么一句来安慰王建春。王建春抬起头坚定地说:"是的,一切都会好的,只要老百姓日子过好了,我们的付出就是值得的。"顺着王建春的目光,我看到远处村委会屋顶上的国旗在风中高高飘扬。

雨停了,久违的太阳从云层里露出了头,明亮的阳光洒向漫山遍野的金丝皇菊,一地金黄。我想,王建春应该是这千万朵花中最漂亮的那一朵吧!

回归的头雁

蒋先平

万里长风起云端，驼柳沉没渐生寒。
脱贫攻坚号角响，郪江挥舞映山川。

这不是什么诗句，但对于四川大英县隆盛镇驼柳村是一个真实写照。

郪江是涪江支流，两岸是养育这方人的沃土。驼柳村山不是很高，沟却很长，位于隆盛镇北部，距场镇10公里，地形以山地、梯田为主，属于典型的浅丘地貌。左邻玄音村，右邻杨溪沟，是一个交通不便，水源奇缺，远近闻名的省级贫困村。

生活在这里的村民，仰望着天空、盼望着月亮，终于等来春雷一声响，举国上下一片繁忙。在党中央脱贫攻坚政策号召下，随着新农村建设、乡村振兴、农业产业化的深入推进，驼柳村沉睡的沃土开始复苏，焕发了蓬勃生机。党建引领，决胜全民小康，做好精准扶贫。驼柳村党支部充分发挥党组织战斗堡垒作用，党员先锋模范作用，扶贫干部真抓实干精神，在这里展示得淋漓尽致。

昔日的贫困村，如今这个村人民生活、村容村貌，农村经济，山川田野，农家小院，与过去相比，大不一样了，集体经济"空壳村"一去不复返了，村民富裕了。

扶贫路上领跑者

2020年盛夏七月，巴蜀大地，到处热气腾腾。经过一场暴雨的洗礼，酷暑稍有退去，还是显得闷热逼人。正值"八·一"建军节，伴随着军歌嘹亮的音符。这天清晨，下了几天雨的大英县城热度虽然降低了许多，太阳从东方刚一露脸，气温明显升高，火热的太阳直射着一切。2020年是脱贫攻坚收官之年，这个官是怎么收的呢？我们带着这个课题，肩负着浓浓乡情，参加了"脱贫奔康大英——大英发现之旅"大型主题采风活动，我们一行4人乘坐小车向隆盛镇驼柳村驶去……

一路风情，一路歌。

从县城出发，途经工业园区奔驰在快捷通道上，平视远方，公路两旁村庄楼房林立、绿水青山，新农村景象映入眼帘。一个多小时的行程，就到了驼柳村，办公室前，红旗飘扬。党徽，在决战决胜脱贫攻坚路上闪光。早已在村办公室等候的驼柳村"两委"班子成员、第一书记、驻村工作队员和隆盛镇领导，齐聚在一起，把我们带进村会议室，不拘形式，互为交谈。这时，一个年轻小伙子，名叫卢浩，是市财政局派驻驼柳村的第一书记,他有些激动,兴奋地首先发言,介绍驼柳村的情况,而且对村情非常熟悉,讲得十分流畅。他说:"驼柳村辖9个村民小组,有农户342户,农村人口1258人,其中:五保户5户5人,低保户18户34人,建档立卡贫困户64户177人,残疾人27人,平均每年劳务输出人数581人。2019年12月,将驼柳村与玄音村合并,成立了王家堰村,村民小组增加到21个,980户3077人,贫困人口313人。现有党员73名,其中:外出务工党员43名,在家党员30名,大专以上文化党员10人,后备力量2名。说着说着,时而被采访者打断,问道:"你们村处在这样一个环境的驼柳人,贫穷、落后,已经习惯了吗?现在日子过得怎样了呢?"村党总支书记兼主任杨小平接过话题,声调也高了许多。回答道:"从2015年开始,中央脱贫攻坚战打响了,沉睡骆驼已经苏醒,垂柳也变得千条万丝青绿。村党支部一班人和驻村扶贫工作队员,以党建为引领,加大扶贫攻坚力度。村容村貌发生了巨大改变,到2016年经市、县两级退出验收合格后,驼柳村成为全镇首个摘帽的贫困村,贫困发生率降低至0.89%。村集体经济也由'空壳村'突破3万元,村硬化道路、卫生室、图书室、通信网络等全部达标。"杨小平越说越起劲时,在旁边的卢浩一下子控制不住情绪,不吐不快。补充说:"全村64户177名贫困人口已全部达到国家'两不愁、三保障'标准,人均纯收达到5177元,吃穿不愁。义务教育、基本医疗、住房安全、饮用水、电、气、广播电视全面达标。"隆盛镇振兴办主任周建席地而坐,他也来凑个热闹,他说:"据我掌握的情况,驼柳村现有通村硬化路 2.5 公里,11个山坪塘、2500 米渠道、13 个蓄水池、1 个提灌站。"这样一来,座谈会开成了汇报会,气氛热烈,涌跃发言,对我们采访者来说是好事,全面深入地了解到了全村的情况。

俗话说:"耳听为虚,眼见为实。"我们听了,还要到田间地头,农家小院,入户进行走访。这天上午,暴雨过后,酷暑未消,热度没减,我们采访组,在县、镇、村相关部门领导的陪同下,走出会议室,已是炎炎烈日,普照村庄、田野,洁白烤人的阳光渐渐热度升高。额头上的汗水直淌下来,心里还是甜滋滋的。在空旷的田野,葱茏翠绿的树木花草下,看到了扶贫干部留下了长长的身影。

走过一个小村头,跨过一条小溪桥,一边走,杨小平一边说:"我们村之所以脱贫攻坚成绩显著,主要有一个强有力的领导班子,2019 年 12 月村建制优化调整后,由驼柳村与玄音村合并,成为王家堰村,我是书记兼主任,代建军是村委会副主任,村监督委员会主任王伟,村文书杨继容,村专职干部廖朝林,5 人都是共产党员,平均年龄 42.8 岁。加上驻村工作队队长、第一书记卢浩,驻村工作队员何红江、黄林、农技员陈彬,这支队伍班子强,队伍硬,充分发挥基层党组织的战斗堡垒作用和党员的先锋模范作用,为打赢脱贫攻坚战提供了坚强有力的保证。"

回过头来看卢浩,这个"95 后"的年轻人在脱贫攻坚战中所起的作用有多大啊。

卢浩,现年 25 岁,陕西安康人,2014 年 12 月,加入中国共产党，大学本科学历。这个陕西娃儿，在四川读书4年，他就融入了巴蜀大地，将青春和热血奉献给四川这片热土，大学毕业就以选调生分配到遂宁市财政局工作。从此，与川中斗城结下了不解之缘。

2017年11月，市财政局党组研究决定，选派卢浩到大英县隆盛镇驼柳村担任第一书记。得到这个消息，他没有犹豫，没有畏惧，而是简单地收拾好行囊愉快地走马上任。

驼柳村，边远僻壤，过去穷得叮当响。初来乍到，卢浩面对陌生的山村，面对陌生的农民，面对千头万绪的工作，他脑壳都大了。但他一想，自己是共产党员，就是一块砖，哪里需要往哪里搬，脱贫攻坚需要我，就这样安下心来，以驼柳村为家，吃住在那里。

在采访中，卢浩说："刚到驼柳村，一切从零开始，在一张白纸上做文章，不容易啊。"

毛主席曾经说过："农村是一个广阔的天地，在那里大有作为。"

卢浩下定决心，走遍驼柳村山山水水，家家户户，用了一个月功夫，就走遍了全村64户贫困户及部分普通农户，逐步了解和掌握村里的风俗民情和方言土语，用四川话拉近与村民的关系，培养和鼓励贫困党员和贫困群众，发展种养殖业和特色农业，脱贫致富。卢浩有胆有识，在别人眼里他不过是一个毛小伙，其实他干起事来，有一股子冲劲。他学历高，知识广，研究和分析农村农业，如何走出一条农业产业化、规模化和效益化的路子，培育具有市场竞争力的农产品。

经过村党支部和村委会"班子"决定，以"支部+特色水果+传统种养殖业"模式，充分利用土地闲置流转效应，以每年每亩800元，其中500元用于土地租金，300元用于村集体分红的价格，将原瓜蒌基地110亩流转土地，一次性承包给党员陈谷林，在全县率先发展百香果产业。通过电商平台，销售到成都、遂宁等地，每斤10—15元的价格，村上有收入，农民有分红，务工有效益，一举三得啊！

在百香果园里，我们见到了正在果园里干活的张安有，71岁了，还身强力壮，当起技术员。上前给我们打招呼、握手，虽然汗流浃背，油黑笑脸地说："我是本地人，懂一些农业科技和果树知识，镇里、村上举办农民夜校班，我都要去参加，虽然文化不高，但我肯学，知识这个东西是学来的，不是爹妈生来就有的，百香果园里叫我当技术员，能够胜任，原业主每月给我1800元工资，现在涨到2200元，其他在园里务工的有20—30人，收获时40—50人，这笔工资还是不少啊。"卢浩的眼光，不仅仅在百香果上，他还紧紧盯住另外一个农业项目，那就是积极盘活闲置土地资源，开垦撂荒地，通过与四川腾英公司开展深度合作，创建刺梨种植园，探索创建"党建+龙头企业+大户+村集体+贫困农户"的新型产联式合作社，一次性签订8年的收购合同，定价定量，防止了市场价格波动带来的风险，保障了产业的可持续发展。

党的一系列脱贫攻坚惠民政策，像一把"金钥匙"，交到了农村干部、党员、农民和扶贫干部手上，看怎么去打开，不做一把生锈的钥匙。卢浩在下组入户，走访农家时常说：

"贫穷不可怕，关键在人，穷则思变，没有弊死的牛，只有那懒汉。没有特长，没有技术，种些时令蔬菜，养点土鸡、土鸭、土鹅，养点生猪等传统养殖，这个做得到嘛，一年下来也要收入一二万元啊。"从 2018 年起，村上集体每年增加收入 5 万元以上，加入合作社的 98 户农户户均增收近 700 元。

一个基层党组织，有没有活力、凝聚力和战斗力，关键在于党支部"一把手"这个领头羊作用发挥，有没有带领群众治穷致富的决心和信心。隆盛镇党委加强基层组织建设，夯实战斗堡垒，打造脱贫攻坚火车头。实施"能人引领"工程，推荐优秀农民工返乡创业，把农村中涌现出来的致富能人，进城务工经商人员优先进入村"两委"班子，特别注重贫困村支部建设。土生土长在驼柳村的现任党总支书记兼主任杨小平，就是其中的一个代表。

现年 42 岁的杨小平，出生在杨家坪山脚下的农家小院，父母都是老实巴交农民。八年前有一天，在一个夜深人静的晚上，远山、近树、丛林、土丘，全部朦朦胧胧，像是罩上了头纱。窗外，一阵阴凉的秋风，把已枯萎的树叶吹下来。父亲的老毛病复发，把杨小平叫到床前说："小平啊，我家穷，你也 30 多岁了，应该出去干点事情，挣点钱回来，把家庭搞富点，过点好日子，我和你妈也想得开啊。"父亲的话，打动了杨小平的心，这一年，他出去打工创业。一干就是好几年，还有些成就，挣了一笔钱，直到 2017 年春节，他回家过年。在村上和镇上也挂上优秀农民工的称呼，动员他返乡创业，建设家乡。当年 3 月，选举杨小平担任驼柳村党支部书记。上级领导的信任,全村群众的支持,他立志要把驼柳村建设好,让老百姓脱贫致富。

说干就干,党员干部带头,群众跟着来,杨小平家有几亩包产地,气候条件适合种蔬菜,卖到镇上和县城去。白天,杨小平和其他村干部要处理村上事务,起早摸黑地苦干,的确,种菜也是一门学问哪。杨小平生长在农民家庭里,从小就养成了劳动的习惯,种蔬菜卖,一年下来收入好几万元,他尝到了种蔬菜的甜头,还承包了撂荒的几亩地,菜地面积达到9亩,形成了规模化种植蔬菜,杨小平也成为驼柳村的致富带头人。汗水润湿了每一片菜叶,他终于在广阔天地中奋飞。在自己发展蔬菜产业的同时,带动周边10户贫困户种菜脱贫致富。2019年12月,村建制优化,驼柳村和玄音村合并后,杨小平担任王家堰村总支书记兼主任。

受头雁奋飞的影响,代建军这个川中汉子,不等不靠,自立自强,蔬菜种出致富梦。现年33岁的代建军出生在驼柳村8组一个普通农民家里,他家小院坐落干湾山坡前不远处,地势较为偏僻。因此导致了代建军很不幸运,加之父亲去世得早,他年纪轻轻就担起了家庭重担。我们在采访他时,他非常郁闷,一脸愁云,很不愿说出自己痛苦的内心世界,追问之下,他才说出实情:"我结婚后,生了一个女儿,妻女3人虽然生活艰苦但也充满了欢乐。"天有不测风云,人有旦夕祸福。2016年,代建军夫妇离异,妻子告别了年幼的孩子。女儿需要人照料,母亲病危急需就医。这时的他,承受着巨大压力,时常情绪波动,已30而立的七尺男儿,终日饮酒消遣度日，一家人守着锅灶吃不饱，穿不暖。村干部和当地群众看在眼里，一个心愿要拉代建军一把，拯救他一家人。

2016年4月一天上午，蔚蓝色的天空，挂满了丝丝云彩，在村委会操场里，坐满了群众，驼柳村精准脱贫、识别动员大会在这里召开。大会67名评议代表一致同意，将代建军纳入建档立卡贫困户序列。自此，代建军一家享受到了党和政府的关怀和温暖，衣食无忧了，代建军的人生也就从此发生了改变。

贫困户这帽子戴上了，代建军心里还是感觉沉重，毕竟自己年轻，身强力壮。这样有了压力，就有了动力，他抱着坚定信念，驾驭理想的风帆，凭着倔强的精神，他在浩瀚书海里学知识、学技术、谋发展，在学习中增强脱贫内生动力。他决定不外出打工，在家创业、种植蔬菜。不懂技术，就在农民夜校里学，从书本上学，拜师学，实践学。经过刻苦学习，他逐渐摸索到了种蔬菜的技术和管理方法，仅两年时间，家庭条件得到改变，他又开始想着怎么致富奔小康。2017年11月。代建军通过借贷小额扶贫信贷基金5万元，全部投入蔬菜种植产业，规模达到70余亩，品种有土豆、冬瓜、南瓜、莲花白等，种类齐全，产量丰富。到了夏季，太阳升高了，地气上来了，菜地像个大蒸笼。汗水顺着背心流，跟着眉毛滴。代建军把头一摆，一串汗珠洒落在莲花白上，滋润着菜心。蔬菜收获时，代建军用自己买的三轮车将蔬菜拉到县城出售。每年获利4万元，贫困户帽子彻底抛到九霄云外。因此，代建军成为党员贫困户脱贫致富的典型代表。2019年12

月,驼柳村与玄音村合并,成立王家堰村。他担任副主任,成为村"班子"中的一员。

柳暗花明又一"春"

驼行千里,始于脚下。春柳细枝吐新芽,白云深处有人家。人们常言道:"村看村、户看户,党员看支部。"驼柳村人,生活在这块贫瘠的土地上,渴求有个安乐窝,过上好生活。那么,脱贫攻坚战中,村党支部如何发挥好战斗堡垒作用,党员先锋模范的"领头雁"作用至关重要。贫困党员肖家甫说了一番心里话:"我当了驼柳村5年的村支书,对全村的情况了如指掌,处在偏远地带的山旮旯,干湾湾,靠天吃饭,农民面朝黄土,背朝天,村上到各社没有一条水泥路,全是泥土小路,天晴尘土飞,下雨一身泥,进出打光脚板,农民靠种点粮食,哪个不穷嘛。我家还是一样的穷光蛋,2014年,我患了高血压和糖尿病,把我纳入建档立卡贫困户序列。本来我是离职村干部,今年71岁了,又是老党员,觉得愧对于人民,愧对于党。不能老是享受着党的惠民政策,要自食其力为党分忧,为政府解难。从2015年起,我和老伴年年喂2—3头猪,养几十只鸡、鸭,种点粮食和蔬菜,收入增多了,家庭条件也改善了,在脱贫路上看到了希望。"

阳春三月,风和日丽。可2020年的3月,山河沉默,新冠肺炎疫情突然来袭,正在紧张有序地防控期间,屈辱的田野,也少了往日的活力与生机。在这脱贫攻坚收官之年的关键时期，时间不等人啊。3月8日，市委书记邵革军率领市直有关部门负责人，深入大英县隆盛镇驼柳村，到农户家中，详细了解贫困户刘泽明生产生活情况，帮助梳理2020年预计收入，确保其如期脱贫。刘泽明第一次见到市上这么大的官，激动得半天说不出话来，战战兢兢，邵书记问一句答一句。邵书记对刘泽明说："你不要怕，我们共产党的干部，同人民群众鱼水相连，你家有困难，是暂时的，相信党和政府一定要帮助大家消除贫穷，脱贫致富奔小康。"邵书记这番话，鼓舞和鞭策了在场的所有人，随后邵书记一行马不停蹄地走村入户，体察民情。

时隔10天，上午9时许，春风送爽，万树吐翠，青山耀目。一阵轻凉吹来，带着新生、发展、繁荣的消息。市委常委、高新区党工委、市直机关工委书记赵京东带着一队人员，还是到大英县隆盛镇驼柳村开展脱贫攻坚挂牌督战工作，驼柳村"两委"干部和第一书记陪同赵书记一行走访重点监测户，调研村民外出务工工作情况以及村里产业发展，提出了很好的意见和建议。

冬天的田野，显得特别空旷、辽阔。2020年1月10日，县委书记胡道军，带着对农村工作的高度重视，深入到隆盛、回马等地，进村入户，实地督导调研农村环境整治，脱贫攻坚推进，群众温暖过冬等工作，为乡亲们提前送上新春的祝福和慰问。

驼柳村是市财政局对口帮扶村，时任市财政局长的胡道军去过这个村，他实地参观了百香果产业基地，走到棚架旁，认真查看了百香果长势，他对管理人员说："百香果，果质好，口感酸甜，群众喜爱，有市场前景，你们要细化管理，提高百香果产量和质量；认真拓展市场，做好示范工程，带动更多老百姓增收致富。"

"胡书记，你又来了，快请坐，快请坐。"肖加兵热情招呼，因胡道军原任市财政局长时，肖加兵就是他的帮扶户，新履大英县委书记后，虽然工作调整，不是帮扶责任人，但肖加兵一家人的生活状况始终是胡道军心中的牵挂。当天，他又来到了肖加兵的家中，嘘寒问暖，送去慰问和祝福。肖加兵兴奋地拉着胡书记的手说："你在市财政局当局长关心帮扶我，到大英来当了我们的父母官，又一如既往地关心支持，倾情帮扶，我这辈子能遇上你这个共产党的好干部，是我前辈子修来的福分啊。"感激之情溢于言表。

驼柳村，这个地名由来已久，历史典故被民间传说为："村里有座山，坡头小，半山粗长，中间平坦，两边有两座小山夹在其中，站在远处看，就像一个骆驼，弯曲如鹅颈，山下有条小溪，常年长着柳树，枝细长而下垂，遮天蔽日，就这样，驼柳村因此而得名。"驼柳村8组71岁的贫困党员杨玉琼，1973年就加入了中国共产党，采访那天，她是这么说的："我的丈夫叫邓泽富，现年68岁，他比我小3岁，1969年去部队当兵，1972年加入共产党，1976年退伍回乡务农，我们老两口都是党员。"我们问道："看样子，你们家庭怎么还是贫困户呢？"她沉默不语，通过深挖细谈，这个故事还得从头说起：杨玉琼娘家7个姐弟，她占老幺，全家5个党员，是名副其实的"党员之家"，在那个年代，听命于父母之言，与邻近村正在部队服役的邓泽富结婚，家庭条件很差，可谓心有天高，命如纸薄。杨玉琼性格外向，肯说肯谈，又有文化，为人处事，社交能力，在当地还数一数二，先后担任村上妇女主任，民兵连长，村支委理论宣传员，夜校老师，在妇女中样样称得上"头排"，所以多次被村、区（镇）县上评为先进，荣誉多多。1978年改革开放以后，争强好胜，不甘示弱的杨玉琼，靠养猪，在同心乡街上做水果小生意，赚了一笔钱，买了几台拖拉机搞运输石头。那时，拉一车石头13元，10车130元，资金积累多了，心也更大了，带着资金到云南楚雄，包工拉运石头，越干越有劲头，收入一天天增多。90年代初，杨玉琼和邓泽富走出国门，到缅甸去承包工程，修公路3公里，带去80多工人。由于没签订工程合同，口头协议，公路修到只乘200米了，仍不拨工程款，工人工资要发，一分不少，工程全部垫着，几十万元拿不到，用木材抵工程款，卖木材又亏本，真是人倒霉，祸事连身。不但修路工程得不到结款，还打了一场官司。

那天，我们到驼柳村杨玉琼家已是中午了，在她的住房前，庭院花草茂盛，环境干净清洁，房子左侧圈养着好几十只土鸡。承包土里种植了百香果，摘了几斤，让我们品尝。在堂屋里，我们进行交谈。看上去杨玉琼是个能干人，身材不高，比较精干，脸上被太阳晒得黝黑黝黑，说话洪亮，气度不凡。

此时此刻，勾起了我们的兴趣，她在创业路上遇到坎坷和艰辛，酸甜与苦辣，成功与失败的故事，我们想让她讲完。

"笑看她的人生，曾经辉煌过，现在你怎样走出这个困境呢？"在我们内心深处，打了一个大问号？

我弄成今天这个样子，也可能是命运捉弄人，住的是异地搬迁安置点的房子，2014年还评上贫困户，在同心乡农商分理处贷款5万元，去年还了1万元，还欠4万元，我主要还了一部分过去借的欠账，有一部分我用来搞农业开发，种植了2亩百香果，养一些土鸡、土鸭，种植一些蔬菜，逐渐改变家庭经济状况，有信心和决心早日脱贫，过上富裕生活，我两个女儿一个结婚在简阳，一个结婚在福建，靠不住儿女，只有靠自己，争取把贷款早点还完。我们两口子都是老党员，在脱贫攻坚战中，力所能及地做点事情，宣传好党的好政策，化解一些邻里之间矛盾纠纷，环境治理，乡村振兴积极参加，做好带头表率作用。

看来，杨玉琼、邓泽富，人穷志不穷，在她们身上体验到了一名老党员的风范。

告别杨玉琼，乡情正浓，太阳正大，给田野增添生气，但折磨了我们，烈日晒得路上滚烫，顺着山势、田埂、乡村小道。我们来到3组异地搬迁安置点，屋里有一个老太婆，正在忙里忙外，自我介绍，她叫李太秀，今年75岁了，原来她家的房子靠山岩边，家庭条件差。儿子漆家银37岁，在云南打工，经人介绍，结了一个缅甸姑娘为妻，生了两个孙儿，住上了漂亮新房，什么都有，都是村上统一修的异地拆迁安置房，出脚就是村道路，方便得很。全靠村上和镇上帮忙，

散文卷 / 047

媳妇的迁证也办到了，正式成为中国籍。现在全家不缺吃，不缺穿，家里水、电、气、电视、家具样样齐全，日子过得好舒坦啊！

盛夏七月，骄阳似火，暑气炎炎，空气中仿佛流动着一团火，夏天虽然很美，大地洁白，荷花怒放，清风盈盈，但让人感觉炎热而难受。

"走，下乡去，"秘书不知所措。2020年7月13日，县委副书记、县长胡铭超冒着酷暑，带队深入隆盛驼柳村（王家堰村），开展脱贫攻坚述职恳谈会，对贫困户进行感恩教育。

恳谈会刚一结束，胡铭超县长就急匆匆地了解异地搬迁安置点，看望帮扶户漆家大，把党和政府的关爱送上门去。胡县长对随同的镇村和县上有关部门的同志说："漆家大这家人很特殊，作为我的帮扶对象，因我的时间和精神有限，对这三兄弟关心和帮助不够，三兄弟都是单生汉，不管是哪种情况造成的，我们都要多关心，多扶持。让他们过上幸福的生活，政府帮他们修起安置房，解决了住处，还要帮助他们发展产业，增加收入，光靠政府那点补助，不能满足他们的生活，我询问了一下，漆家大今年养了40—50头山羊，肉鸡50—60只，收入2—3万元不成问题，这个短、平、快项目很好，见效快，值得提倡。"

胡县长的关怀，温暖着贫困群众的心。

隆盛镇党委和政府把脱贫攻坚作为重大政治任务来抓，实行干部包村、党员包户，结对帮扶，逗硬考核。早在2019年11月11日，镇党委书记谭雯雯到驼柳村专题调研脱贫攻坚工作。在与村"两委"干部、第一书记和驻村工作队员专题研究产业布置时说："要把扶贫开发同基层组织建设有机结合起来，真正把基层党组织建设成带领群众脱贫致富的坚持战斗堡垒。"这是习近平总书记的重要论断，牢固树立"围绕扶贫抓党建，抓好党建促扶贫，检验党建看脱贫"的理念。要选择适合本村发展的产业，产业发展一定要结合村情，要坚持长短结合，种养兼顾，特色鲜明，突出主导。提出可进一步扩大百香果种植基地规模，进一步提升产品品质，将其打造为本村的主导产业。

谭雯雯深入田间地头，走村入户与贫困户见面、拉家常，从群众的口中了解驻村工作队的工作情况，为民服务态度，了解贫困户"两不愁，三保障"巩固提升情况，并进行感恩教育。同时，宣传医疗保障、教育保障、住房保障政策，让群众知奋进、感党恩。

扶贫的关键，是如何激活内生动力。党建引领，可以产生巨大合力，党组织结对帮扶，带去了新资源，起到了众人拾柴火焰高的效果。脱贫攻坚集结号吹响以来，市财政局、县政府办、县委组织部、县委统战部等部门，对驼柳村开展了城乡党建结对共建工作，先后安排了64名党员干部，精准帮扶129户贫困户，贫困户帽子全部摘了下来。

地处玄音寺的驼柳村，弦外之音，有仙不灵，从古到今，贫穷落后，驼柳人渴求于走出这个泥潭，向往新的生活。勤劳朴实的驼柳人，终于盼来了财神爷。2019年5月9日，市财政局组织干部职工下到结对帮扶的贫困村——大英县驼柳村，集中开展"入基层、购产品、扶真贫、惠民生"农产品销售节专题活动，建立 QQ 电子超市群，录入特色农产品种类、数量信息。仅这一次活动，就有 25 名党员干部职工购买了驼柳村家禽、蛋类、蔬菜、水果、大米、菜籽油等，成交额 1894 元，帮助 14 户贫困家庭 42 名贫困人口户均增收 135 元。以购助扶，不仅市财政局这样做的，县政府办，县委组织部，县委统战部的干部职工也是这样做的。通过消费扶贫，线上线下等方式，共计帮助 118 户农户出售农产品金额 2.8 万元，深受贫困群众欢迎和好评。

文化点亮驼柳村

贫穷，不是天生的，自然贫穷不可怕，人心的贫穷更可怕，心灵的浸润，需要有一个聪明大脑系统，指挥着人的行动。在扶贫中，文化扶贫、教育扶贫、科技扶贫、智力扶贫非常重要，正所谓扶贫扶智，脱贫必立志，治贫先治愚。"坚其志、苦其心、劳其力，事无大小，必有所成"。驼柳人贫穷落后的症结还在于思想、交通、信息、技术、环境等原因，必须要对症下药，提高驼柳人的思维方式。由此……

农民夜校应运而生

4 月的夜晚，轻风伴随着青蛙微暖的身子，在水田里跳动着，那种夜色，有点朦胧，一丝妩媚，目光在黑幕中，也显得一丝淡然。2018年4月21日，驼柳村夜校里，电灯闪烁，学员满座。讲台上第一书记卢浩讲了开场白，他说："今天晚上，我村开展第八期农民夜校'法律讲堂'专题讲座，邀请了市中级人民法院研究室干部刘章翠宣讲与农户密切相关的法律法规政策，增强贫困人口的维权意识。"

话音一落，教室里掌声一片，气氛热烈。刘章翠英姿潇洒地走上讲台，以案说话，贴近民意，浅显易懂。全村在家的35户贫困户及社员代表，村"四职"干部、第一书记、驻村工作队员参加了本次讲座，持续2个小时，课堂效果非常之好。这样的法律讲座一直坚持至今，每一季度开展一次，贫困群众的法律意识普遍提高。

以夜校为阵地，开展"关心关爱留守儿童，筑梦美好未来"。2020年6月1日，"六一"国际儿童节之夜，在驼柳村农民夜校里，第12期农民夜校专题活动拉开了序幕，37名留守儿童，鲜艳的红领巾系在颈上胸膛。穿着整齐的儿童服，争相辉映。天籁般的欢声笑语，驱走了寂静的夜晚，沐浴着世纪的春风，聆听在园丁的面前。幼儿院长王伟讲台上满脸微笑，目视着台下，一个个鲜活儿童看着讲台，王伟老师说："在六一国际儿童节这个特殊日子，驼柳村两委、驻村工作队，以关爱留守儿童为主题，本着：真诚、真心、真爱、真扶贫的原则，宣讲儿童学习和生活方面知识和礼仪。"主持人卢浩同杨小平、代建军、王伟等村"四职"干部，现场捐赠了价值500元的书本，钢笔等学习用品。

一首儿童之歌，响彻云霄，划破长空。

"我们的中国梦，文化进万家"回荡在文艺汇演活动现场。

那是2019年1月23日，农历腊月十八，猪年春节将至，举国上下沉浸在一片欢乐之际。在驼柳村办公室外操场内，人山人海、歌声嘹亮。夜幕刚刚降临，农村田野开始平静。这时，由遂宁市委宣传部、市文联主办的"我们的中国梦、文化进万家"文艺汇演活动在大英县隆盛镇驼柳村举行。活动中，全体工作人员冒着严寒，怀着真情，走进驼柳村，为全村300余户1000多村民，送上精彩节目和新春祝福。彩灯初上，大地生辉。一首首歌曲，一个个舞蹈，一场场杂技，幽默风趣小品，把人们带进了欢乐的世界，漪涟的海洋。人声、歌声、音乐声、声声入耳，回肠荡漾，久久悠扬。市书协的书法家不甘示弱，大显身手，现场挥毫写书春联和福字，免费送给贫困户，市摄协摄影家为贫困户和群众拍全家福。

这就是文化点亮了驼柳村。

1992年春，改革开放的春风吹遍了神州大地，邓小平在视察南方时，强调指出："经济发展得快一点，必须依靠科技和教育，我说科学技术是第一生产力。"

小平同志把马克思主义的精辟论断同中国实际相结合，走出了一条中国特色社会主义道路。

科技扶贫摆上了重要日程，县农业局农经站站长、农艺师陈彬，不负众望，于2017年2月开始奔赴农业第一线，驻进驼柳村，担起农技员。这个村受地理条件影响，产业发展滞后；另一个方面，还是村民的思想观念落后，传统农业束缚着农民的手脚，科学技术水平不高，收入低下。这一系列的瓶颈，是导致农民贫穷落后的主要因素。陈彬受命于脱贫攻坚战的关键时刻，他挺身而出，多次同村党支部书记杨小平、副主任代建军、第一书记卢浩、驻村工作队扶贫干部一起进行会诊，深入到田间地头，农家小院，与村民特别是贫困户交流思想，传播农业科技知识，发放宣传资料，现场指点迷津。根据驼柳村实际情况，制定小菜园、标准化养殖小区等"短平快"小微产业，实施"一村一品"产业扶贫发展规划和村集体经济增收方案，为贫困户量身制定一户一策产业规划。

"按照'一年拉框架，两年成规模，三年见成效'的思路，我们科学制定了以种植养殖业和特色农产品为主的脱贫致富路子。"陈彬说。

农艺师陈彬还以农民夜校为阵地，开展农业培训，为驼柳村治贫谋略，送去脱贫致富"金钥匙"，农民的钱袋子开始鼓了起来，村里先后发展百香果110亩，刺梨子50亩，瓜蒌50亩。在陈彬的倡导下，成立了产联式合作社，带动64户贫困户发展以跑山猪，圈养猪，黑山羊为主的特色养殖560头。同时充分利用贫困户借用产业刀菜基金20万元，入股产联式合作社发展特色农业产业。

隆盛镇党委副书记、镇长唐金声在驼柳村研究乡村振兴时说："随着种养殖技术水平的不断提高，产业效益显著增加。2017年到2019年，连续3年村集体经济收入达到3万元以上，农户年人均收入增加400元以上，仅2019年实现本村务工收入10万元以上，巩固了脱贫攻坚成果。"

"基层党组织，是贯彻落实党中央决策部署的最后一公里，是带领群众脱贫致富的坚强战斗堡垒。"这是2019年金秋10月的一天，隆盛镇党委副书记奉楷在驼柳村讲党课时说的话语，他认为农村党支部要通过吸纳"第一书记"，充实强化"两委"班子，优化班子结构，提高"两委"干部履职能力和综合素质，切实增强村组织的战斗堡垒作用。2019年12月，村建制优化调整，镇党委大胆启用人才，把驼柳村农村致富带头人代建军充实到村委会班子；又把有文化人年轻、懂党建管理的幼儿园老师，吸收进村监督委员会主任，还担当起村上留守儿童之家负责人，童伴妈妈。

用现任王家堰村（驼柳村）党总支书记兼主任杨小平的话说："我们村党建这一块，日常管理有人抓，各种制度健全，'两委'班子成员每人每月轮流在活动场所值班，村第一书记卢浩，驻村工作队扶贫干部吃住在村上，坚持'三会一课'制度，每月周末确定为支部集中学习日，主题党日，为创建省级四好村打下坚实基础。"

尾　声

脱贫攻坚路上的领跑者，诸如何红江、周建和黄林扶贫干部来自机关、学校不同岗位，为了脱贫攻坚到山村，奉献青春和热血。用心用情，深挖"穷根"、拓宽"富源"。正如教师扶贫干部黄林发自肺腑之言："因为信任，所以靠近。"

这只党建引领的头雁，代表着无数名党员，一直南翔，是为了贫困户寻求温暖，寻求富足，寻求生存。从陕西安康供职于遂宁市财政局，派驻驼柳村担任第一书记，3年来，他脚下沾有多少泥土，心中就沉淀多少真情，对那里的乡里乡情，一草一木，都有感情。在决战决胜脱贫攻坚，致富奔小康路上，党建引领发挥着巨大作用，卢浩为之感言到："我们共产党员像蜡烛一样，默默燃烧自己，点燃贫困家庭的希望之火，像春蚕一样，将自己掩埋在农村广阔的沃土之中，永不歇息地辛勤耕耘，把贫瘠的土地变成美丽富饶的沃土。"扶贫干部黄林，为之激情澎湃，感受最深而写下这首诗：

我很累，很苦，
但我无悔！
因为信任，所以畅所欲言；
因为信任，所以毫无保留；
信任是一种认可，
信任，是一种责任，更是一种担当。
花朵因为有春天的信任，才绽放得争奇斗艳；

高山因为有大地的信任，才屹立得巍峨壮观；
小溪因为有大海的信任，才获得更广阔生命。

奋飞的头雁，奔跑在扶贫路上的村庄，等到脱贫攻坚取得决胜辉煌成果的那一天，我们站在高高的山岗上，仰望蓝天、白云、霞光、党旗飘扬映彩虹！

凉风有信　幸福花开

寇　燕

　　周末，安居文友邀我等几位朋友至拦江镇一游。白墙、灰瓦、青山、绿水，秀美、妩媚、幽静……步行其间，宛若置身阆苑仙境，不由得让人顿生"我见青山多妩媚，料青山见我应如是"之感慨。

　　农历六月的凉风垭，还真有些许"凉风有信"的味儿。小径旁，鲜艳的花儿一路招摇，惹得同行的美女们一直拿着手机截取花儿们的娇媚风姿；路边时不时探出的苞米，更是引得她们激动不已。山行蜿蜒，越往前行花儿开得越热闹，女同胞们折花、拍照，忙得不亦乐乎……

　　远山如黛，最是耐得住寂寞。姹紫嫣红的花儿清清爽爽地站在田野中，像是静如处子的美女，被细雨笼罩，美得有些炫目。太阳虽然还没睡醒，但闷热的天气却让人有些抓狂。或者正因为如此，善解人意的溪水绕树婉约作响，犹如一曲琵琶前奏，清洗着前世未了的尘缘。

　　风，用力地吹着。其实，那应该不叫风，该唤作气的，比头发丝还细，伸了手，却怎么也捉不住。石无语，却有声在耳畔回荡；树无言，犹有语在脑海萦绕；峰欲静，似有云在心头翻滚，仿佛沉淀下的唯有生生世世的纠缠。在这山色朝晴翠红染衣的氛围里，我轻轻挥了挥长袖，与清新的山气、花香融溶，描泼出一抹浅红，一晕淡绿，一丝妩媚……

蜀中盛夏迎来了"梅雨"时节，泥泞了道路，淋湿了大地的衣服。细雨宛若一款美容剂，将绿植们打扮得青翠欲滴。荷塘之中，粉的、白的、红的荷花静静地妩媚着，丝丝香气夹杂雨后清新的空气扑面而来，宁静的村庄散发出不一样的生命力。房屋错落在山间，和植物树木相互遮掩，漫步于田野上，驻足湿地花海旁，赏美人蕉，向日葵……仿佛误入桃花源。

在拦江镇党政部门的大力协调下，村里建好了新道路、新房子，广大人民群众的日子过得更好了。乡村里道路整洁，家畜安静地在畜舍活动。凉风垭村党支部书记亲自接待了我们，并向我们展示了当地特色农产品。目光所至，是一颗颗肥硕的圆黄梨，果香扑鼻，让人垂涎三尺，那是当地村民自己嫁接培养的水果。而那一粒粒葡萄，如黑色的珍珠，一口咬下回味无穷。看那调皮的胭脂脆桃，那是当地特色水果之一。还有许多蔬菜瓜果，玉米、胭脂脆桃、脆红李等皆丰收有望。

随着村支书的脚步，我们踏进了 D 级贫困户王平的家。他的妻子向我们诉说着这几年的遭遇和变化。据她介绍，她们的儿子是一名精神病患者，几年前他们夫妻都在外打工，而他们的儿子因为精神病发作，居然点燃了自家的二层小楼，大火将他们夫妻二人辛辛苦苦打工建起来的小楼付之一炬，当时他们夫妻俩绝望得想要带着犯病的儿子一起去死。幸好得到了政府的扶助，不但为他们家办理了低保，修好了房屋，还将儿子送往了一家精神病医院免费救治。后来，在当地党委和政府的帮助和引导下，他们的日子越过越好，七十五平米的房子整洁明亮，而他们的庄稼也有了收获，同时他们也会定期去精神病院看望病情大有好转的儿子。说起这些，王平的妻子不停地说感谢习主席、感谢共产党和当地政府。

王平一家只是凉风垭村贫困户中的一员，是众多享受到党的扶贫政策从而脱贫的一个代表。在党的好政策和当地政府的实施贯彻下，扶贫成效越发显著，凉风垭村目前已经脱去了贫困村的帽子。扶贫先扶志。引导贫困户以当地特色农产业为基础，过上自给自足的生活。引导他们发展当地特色农产品，挖掘自身潜力，从而从根本上脱贫，走向小康道路。

步出王平的家，我和茜儿、袖子出门看到了一株无花果，上面结了许多的果子，其中有一枚已经笑开了花儿。伸手摘下，拍照留念后我们仨馋猫就将它分而食之了……大快朵颐后，同行的茜美女说，真想就在此地常住下来。我乐了，说你这个想法目前来说是不现实的，还有那么多的工作等着你呢，就想学陶渊明先生做那"采菊东篱下，悠然见南山"的隐士了？哎！南山有了，菊也有了，惜乎这隐者还在彼岸站着，渡船嘛可能大概也许还在建造中。茜儿笑着说，也是哈，不过可以想想的嘛，至少希望就站在田坎上的嘛。说完，咱俩相视而笑。

　　凉风有信，幸福花开。即将离开的时候，在感叹这里的美景的同时，心中也是颇为感慨。或者，等我们将来退休了，可以约上三五好友来此养老？哈哈，就算不能真的实现这个愿望，偷偷地在心底想想也是不错的！届时养上几只鸡鸭，一条慵懒的小猫……徜徉于这青山绿水间……天色渐晚，貌似又要下雨了。大家呼朋唤友，上车返程。

左贫右扶的邻居

刘群英

我左边邻居叫郑发刚，家住射洪武东马家沟坡梁上，说起射洪武东，就会想起曾经的"东风盐厂"，射洪老一辈人无人不晓。早在 1735 年，清政府就在太和镇设立了盐务督捕通判署。统管射洪、三台、逢溪、盐亭等县的盐务，射洪居民多数以盐井为业，过一半的劳动力从事盐业工作，民国年间，从事井盐生产的盐工超过万人，射洪盐井长年稳定在 3000 斤左右，盐井数量，盐工人数，盐产量位居四川之首。但是随着科技的发展，手工盐厂被淘汰，现在武东靠农耕为主。成了有名的穷山沟。种的庄稼全靠雨水浇灌，如果遇到干旱年，颗粒无收，并且有的吃水都成困难，还好我们的家在坝坪上，前面是一条武东溪，一年四季都能听到溪水的歌唱。离溪水岸边二百米处，有一口吃水井，遇到干旱天，全生产队的村民都到这里挑水。听婆婆说，马家沟地下全是盐水，没有过滤过的水还不能吃。只有这口井是淡水井。

郑发刚今年六十三，按家族辈分排，我得喊他发刚哥。

那时我刚嫁到这个并不富裕的小山沟,他才三十多岁,我从不喊他发刚哥,看他有点懒懒的,并且又没有老婆。对他爱理不理的。每当吃早饭的时候,左邻右舍都爱端着个碗到我们家,一边吃饭一边摆龙门阵。婆婆热情地把泡菜放在桌子中间让她们吃。就开始摆村里的新鲜事,家长里短。好像这里就是村里热闹的广播站。发刚哥总是端着一碗稀薄的苞谷粥第一个先拢,婆婆只要看他端着碗来,连忙热情地给他抽根凳子:"坐呀,国娃(他的小名),昨晚下雨了,你的房子漏不漏?"

发刚吃着婆婆给他端的泡菜苦笑着说道:"漏呦,屋头打的浇湿,这鬼天……"挟了一块脆皮萝卜咀嚼,闷着头一阵就把苞谷粥喝完。

然后跛着腿上坡了,看着他的背影走远,我才好奇地问婆婆:"看他还不到四十岁,别人都去上海广州打工挣钱,他为什么不去?看他长相也不赖,浓眉大眼,就是腿有点瘸,是不是脑壳有点问题?"

"一点不莽,"婆婆收拾碗筷道:"在他没有受伤之前他是有老婆的。还给他生了个儿子,和他结婚时还带来一个儿子。""那他现在有两个儿子,受了什么伤?工伤吗?"我问道。

"都有十几年了,那时他才三十岁,春节过后,他去云南他弟弟那个厂里打工,在云南昆明汽车站下车,他的尿胀了,他找不到厕所,就随便找了一个地方方便,正好有两辆车相对开过来,把他近距离夹在车中间,一辆车紧挨他的后身,把他肋巴骨夹断了，人当时昏迷不醒，在医院里抢救，半个月都没有醒过来，他的弟娃赶到，以为活不过来了，肇事司机还赔偿了他部分钱，准备后事火化。结果最后一天他又醒过来了。就把他弄回家疗养。好多喽，只是走路有点瘸，他的女人看他成这个样子，狠下心扔下两个儿子，跟别人跑了。"

"他这一泡尿惹的祸太大了，把他的一个家冲散了，这个女人也太狠心，连自己带过来的儿子也扔给他，真是夫妻本是同林鸟，大难临头各自飞。"我愤愤地说道。

"那个年辰，给他解决的伤残费也不多，大概万把元钱，还要养两个儿子，他体力活一点儿不能做，连一挑水都担不起，都是吃我们家的水，一个水管子相连我们的储水池再到他的水缸。"

储水池右边是所空院子，周围长满了兰花草，春天开满了淡紫色的花，可漂亮了。可惜没人住。

"这所空院子位置这么好没人住吗，是谁家搬走的？"我问婆婆。

"这所空院子不是没有人住，是他们这一家子跳出农门，跳出了大山到大城市去做大官了，这一家人的主人叫勾中进，小时候上学就特别聪明懂事，常在核桃树下不管严寒酷暑勤奋地学习，别人家的孩子下河摸鱼，而他如饥似渴地看书。记得八一年那年涨洪水，勾中进还是个十七八岁的大孩子，对面武东溪上还没有修桥，只有几根木头架成的小桥，比他小几岁的孩子看着木头下滚滚的洪水哪里敢过河去上学，勾中进从小机智勇敢,就把比他小的几个同学一个一个地背过木头桥,然后同路才去上学。别人家的孩子退学去打工,而他却考取了大学。先是在射洪工作,后来调在遂宁工作,现在在遂宁做大官!"

婆婆一说到他的这个邻居侄儿,眼睛里放着光芒,脸上感到很光彩,神情喜悦。因为他父亲去世得早,婆婆家离他又近。常常照顾他们一家。就好像把他当成了亲侄儿。因为每年勾中进回家祭祖都要到我们院子里坐,了解村里的脱贫情况。还慰问左边的邻居贫困户汪半疯,汪半疯一看到勾中进脸上也露出喜悦与感激之情,人也不疯了。因为在十年前,勾中进就帮过他。那天,正是年三十,汪半疯在院坝里正疯疯癫癫走来走去又喊又骂,突然喊肚子疼,疼得在地下打滚,我忙去新街村喊医生,医生来一看这情况说是急性阑尾炎,得做手术,可是这个汪半疯无儿无女谁给他掏钱医?婆婆忙去找村书记,听别人说书记不知道在哪里打牌。这时,勾中进上过坟从坡上下来,正看到汪半疯在喊痛。他连忙招呼我二哥把汪半疯抬上他的车子里,朝县人民医院开去。半个月后,汪半疯出院了,逢人就说勾中进是他侄儿,特别孝顺。每次过年汪半疯都要站在武东溪岸,盼望勾中进早点回家过年。

五年后,我从上海打工回家乡,回到院子里有种空寂感,好几个邻居都搬到县城里去了,右邻的儿子们都挣到钱把房子买到城里。剩下的都是些孤老寡残的。我也跟上时代步伐在城里买上房子。逢年过节礼拜天才回家看婆婆一次。

星期六一个早上,我和婆婆正吃早饭,发刚哥又端着碗来我们家边吃边摆龙门阵。我知道他残疾的原因,连忙给他端了根马杌高凳子,让他请坐。

"国娃,又来吃泡菜!"

"谢了,表婶,我今天吃的肉圆子面!"发刚舒展着笑颜说道。

"哟!大清早就吃这么好,日子过得有滋有味哟!"婆婆说道。

"这段时间,镇上来的几个干部说给你划成贫困低保,你又往镇上跑了几趟,你的低保解决好了没有?"婆婆问道。

"解决好了,解决好了,"他吞咽着一大口肉圆子。

忙又说道,"两个娃儿也有贫困补贴。不但把我划成低保,还把东边院子的汪半疯也划成低保……"

我第一次看他笑得那么舒畅。

"好眼气羡慕你哟,国家把你这两年养胖了,现在你的身体硬朗多了。生病住院都不用你掏钱。现在这政策日子越过越好,双提留也取消了,都给我们换成粮食补贴了,"婆婆对着发刚有说有笑,这笑声荡漾在晨曦的微光里,是那样的脆甜。

放在我心上的一件弦外事总算有个完美的答案。看着发刚哥端着碗走远,我小声和婆婆说:

"他的腿好像不跛了,走路和平常人一样,那他的女人回来看过他没有?房子还漏雨吗?"我问道。

"回来个屁,影无踪信,大儿子好像没有上学了,去外面打工了,这两年他的日子好多了哟。能种些小菜,担半条水。还是今年春节,勾中进回家过年,从坡上,看到郑发刚的房子漏雨,把情况给村主任说了,村主任照顾他,喊了几个人把房上的瓦翻了几次,没有怎么漏。看来真应了大难不死,必有后福那句古话。"

去年春节,我们开着车回乡下团年过节。车子开到家门前武东溪岸公路边,却给我们一个意外的惊喜。从对岸县道到我们家院坝的上坡支路修成水泥路了!这条路升高了,小桥也变高了,两边还安上了防护栏,因为这条路,伤了好多人的心,破了几对鸳鸯的美梦;拆散了他们双宿双飞。滑倒过婆婆……往年开车回乡下车子只能停放在对岸县道公路边。这次车子直开到院坝里。之前水泥路只修到主路,那些坡坡坎坎的支路都没有修。

婆婆眉开眼笑地对着我们笑道:

"哈哈,这条路修通了吧,你们每天盼星星盼月亮现在终于实现了,得感谢你们的勾三哥呀!"

还是去年春节勾三哥去给他父亲上坟,在我们院子里喝茶时,把修路这个事给你勾三哥摆了,你猜他咋说:

"冯二妈,修路这事你放心,再穷也不能让自己家人走泥巴路,如果下年春节这条路没有修好的话,我给你买双两百元的皮鞋。结果皮鞋没有买,路却修好了。我们几家投入修路的钱也退了,村书记听说修路钱退分给各农户了。摆起官架子问谁让退的?村书记话里带有怒火,意思是他没有吃到利益。婆婆理直气壮地承认是自己。你勾三哥为了武东家乡劳动人民富裕，道路好走，他自己出钱，又把从山山地到养猪场（地名，武东二村主要亩产粮地）修成石梯。没有修之前，这条去田地劳动的交通要道特别险。有次下绵绵雨，农户赶着耕牛去犁地，结果牛没有爬上坡，滑下崖摔死了。这条通往养猪场的路修好了，以后背小麦背包谷再也不担心滑下崖了。他真是我们的父母官好邻居！"

对于婆婆摆他的侄儿勾三哥，我有点陌生。在去香山扶贫采风的路上，我顺便问射洪退休老教师李竹梅大姐：

"认识我们村勾中进吗？听说他在射洪教过书，被评为优秀教师。"

竹梅大姐提起勾中进脸上露出了笑容，笑容中带有感激之情。

"勾中进，再熟悉不过了，那是在1987年秋季，我从村小调入太和二小，恰巧勾中进也调入二小，并且和我分在同一个年级，教三年级语文，听说是教育局下派到学校来体验教学工作的，时间一年，虽然时间很短，他给我们留下的印象却是非常平易近人的。他工作踏实认真，喜欢写作，他教的那个班上的学生作文写得特别好，三年级初学作文是教学工作的一大难关，为了鼓励学生爱上写作，他教学生办黑板报，把学生优秀的作文誊写下来贴在小板报上。各年级相互学习，相互交流，提高学生学习作文的积极性，同时提高了写作能力，我们都很佩服他，那时他是才20多岁的小青年，就像一个经验丰富的老教师，工作是那么熟练，那么得心应手。"李竹梅接着又说："2014年，我的长篇纪实文学《为了母亲》出版了后,到遂宁市文广局科室赠送样书。办公室一个工作人员带我走进局长办公室,对坐在办公室桌前的一个中年人说:'勾局长,这是从射洪来的一个作家,她自己写的书,想赠送你一本。'我仔细一看,熟人,怎么会是他?二十多年没有见过面,勾中进,你当局长了?真不敢相信。我心里又惊又喜,一时不知道该说什么,勾局长谦和微笑地站了起来,很客气地握住我的手对工作人员说:'不用介绍了,这是射洪来的客人,我们早就认识。'他一边问我最近的工作状况,一边随手翻阅看书,当他翻到后记,就认真地看了起来。然后说:'这是本土作家宣扬射洪包天阳的事迹,又是借钱自费出书,很难得,应该扶持一下,希望你以后多给《文化遂宁》《川中文学》投稿,那是我们办的刊物。'我很感动,激动得说不出一句感谢的话。第二天,我就回射洪打野的,搬了一箱书,送到文广局交给办公室黄主任,黄主任带我到财务室领取现金2500元,我很激动,拿着钱走向局长办公室想对勾局长道一声谢谢,可是办公室的门紧紧地关着,局长不在,几年过去了,直到现在,我也一直没有再见到勾局长,我还没有感谢他呢!"

　　李竹梅摆起勾中进也是句句称赞!听了李竹梅和婆婆都在赞勾三哥为官廉洁,精准真正帮扶基层、为贫困村修路,我感到自豪!因为他是我的右邻呀。他现在就在莲花盛开的遂宁!

　　我顾不得听婆婆摆他的邻居侄儿如何有出息;如何关心慰问贫困户汪半疯和郑发刚;从小如何照顾过他,只看见院坝左边多了一处新宅，崭新的安置房吸引着我的好奇心。红红的琉璃瓦在旭日下闪着熠光。一缕炊烟正从屋顶冒出，还散发着炖鸡的香味。白白的墙，连成五间。标准式的新村民居。顺着香味我走进宽敞的堂屋客庭。客庭家具摆放整齐，洗衣机、冰箱、沙发、彩电都是崭新的。

"哟，稀客，稀客，快坐，妹子，哪阵风把你吹进来的？这么早就来给你老人婆拜年了。"

发刚哥从另一间房间里拿着一部智能手机看见我连忙说道。

"春风！炖鸡的香味！这个房子这么漂亮是你修的？"我笑着回答道。

我有点不相信这是他的新房。此时，一位五十多岁的女人正端着一盘青椒炒肉丝从厨房里钻了出来。我连忙说：

"你们吃过饭我再来。"匆忙走出。

我迫不及待地走进自己家的厨房问婆婆发刚哥的新鲜事。

还不是上次你勾三哥回老家修坡上山山地的石梯路，看到了发刚的房子漏雨，把情况反映到镇扶贫办，镇扶贫办给他修的安置房，他坡上的房子简直不能住人了，并且坡上只剩他一家，不可能为他一家把路修到坡梁上吧，修到这个大院坝里比较聚中，新路将就了我们几家人，给他修房子的时候我还和扶贫办一个领导顶了几句嘴，他们本来计划修楼房的，我不同意，那样我们的房子没有了彩光，结果改成修瓦房了。房子修好没几天，他的女人就跑回来了。只有那个汪半疯每天还在喊他的王菊，不过现在由低保变成五保户了。

我站在小溪边，望着清澈的溪水淙淙流淌，继续聆听潺潺的溪水弹奏美妙的琴声。微风拂过两岸，野菊花散发沁人的芳香。狗尾巴草在点头谢恩！篱笆墙上的牵牛花正吹起了紫红色的喇叭，迎来日出，奏起了凯歌，飘逸的白云洗涤着蓝天，山沟里的空气越来越清新！

荷满山塘香满沟

梁　才

今年仲夏时节，我回到了阔别多年的故乡——仁和镇嘉陵村，亲眼目睹了近年来家乡通过脱贫攻坚后发生的巨大变化。

嘉陵村地处边远，山高沟狭，土地贫瘠，近几十年来，青壮年又大都外出务工，村里渐渐凋落，成为贫困村也就不足为奇。在去嘉陵村途中，我脑子里浮现出三年前射洪电视新闻中的一个画面：这年春节前夕，县委常委、县总工会主席黎云凯到嘉陵村走访慰问贫困户，黎常委满面笑容，贫困户们满怀感激。之后，听说村子里发生了很多变化，这当然更让我想看一看我离别了许久的故土的真容。

回村的头天晚上，我住在了距嘉陵村只有十来里路的仁和镇姐姐家中。翌日，晨曦初露时，我就迫不及待向嘉陵村出发了。

弯弯山道，熟路轻车，不多时间，我就到了嘉陵村口。只见从村里蜿蜒而出的依旧是那条公路，那条小溪。只不过，路更宽、更平直了，土路变成水泥路了；一路欢歌而来的潺潺溪水更蓝、更清澈了。一眼望去，嘉陵村漫山苍翠，满沟碧绿；连片的荷塘，荷叶如盖，随风翻飞；粉白花蕾含苞待放，亭亭玉立；一片片水稻长势良好；层层梯田里，株株玉米像列队挺腰的士兵。一阵微风拂来，只觉得缕缕清香沁人心脾。

啊！嘉陵村！多年不见，你如今竟出落得如此美丽！

回故乡嘉陵村，我自然想见见村党支部书记梁雄，因为这次是带着市文联脱贫攻坚采风活动的任务回来的。昨晚，姐姐说，你找他呀，梁雄书记实在太辛苦了，那天他来镇上开会，我看他那样子都累得像要散架了，你找他要先在电话上约好。于是，我拨通了梁雄的电话。梁雄十分乐意地说："我也很想见见你呀！我明天上午就在村办公室等你，然后我们一起入户看看。"

快到嘉陵村办公室时，太阳才刚刚冒出山头。远远地，我就看见了梁雄，他正和一个年轻人在忙里忙外地往坝子里搬桌椅、摆茶杯，好像还忙不迭地又在听汇报作布置。

"老哥子，欢迎你啊！"我一下车，梁雄就快步迎上前来和我热情握手，他说，"你先随便看看，等我忙完了我们再好好聊聊。"正说话间，只见有几辆小车从村口方向一路飞奔而来。他们是市中医院的医护人员。梁雄又赶忙转身迎了上去。

此时，乡亲们有的提着鸡鸭鹅，有的提着禽蛋、蔬果也高高兴兴陆续来了。我问乡亲们咋个拿着这些农产品来，原来是市中医院今天要"以购助扶"。他们相互打过招呼后，就开始忙着问诊、看病；忙着排队领药（中医院免费发放防暑降温药）；有的则忙着将那些农副产品卖给为他们义诊的帮扶人。

现场看到，市中医院院长、书记也带队亲临嘉陵村义诊，这让我甚感诧异与敬佩。要知道，在过去，我们这地方可以说是一个被人遗忘的角落。村里很多人没去过县城，县城人就更不会有什么人到这个偏僻穷村。还让我诧异的是，眼前这景象，乡亲们好像都习以为常了。

10点半左右，在一片喧声中的义诊结束，村民渐渐散去，书记梁雄又马不停蹄地带着相关人员，深入到贫困户家中逐一了解他们的生产生活情况，于是，我也随之走进了安置点的贫困户家庭。

建在公路边的两处贫困户集中安置点，全是清一色的白墙灰瓦，全是两层高小别墅一样的楼房。

"有人吗？"我试着敲了敲一户人家的门。这时，从里屋走出一位步履蹒跚的白发老者。我们似曾相识，却都又叫不出名。于是，我便作了自我介绍。那老者一听，便惊喜得咧开豁了牙的嘴笑了："哎哟，是梁才！快，快来坐，我是发勋呀。"

发勋？我们从小一起长大的啊。我早就听人说过他家的情况了。坐下后，我看见他伸出的双手，如同变了形的老生姜一样。"好多年前，我和我老婆都得了严重的类风湿病，好些年前她就走了。"梁发勋说起这事，声音有些哽咽。

"那你现在是一个人在家?"我关切地问。

梁发勋说,我有一个儿子,外出打工了,儿媳和两个小孙女儿在家。边说,他边艰难地撑起身子要去给我倒水,被我婉拒了。

梁发勋接着说,老同学,不怕你笑,要不是共产党、习主席,恐怕我也活不到今天。现在我吃穿都不愁,医药费也几乎全部报销,政府还为我们修了这么宽敞、亮堂的房子,不透风,不漏雨,又用上了自来水,烧上了天然气,还有光纤电视看。梁发勋说起这些如数家珍,满怀感激。

他还告诉我说,梁雄书记常带着人来看望他,既问长问短,又还要给他买这买那。说到这儿,梁发勋的眼眶有些湿润了。

我说,老兄,你要多保重啊,相信我们未来的生活还会更好呢。梁发勋点点头,咧嘴笑了。

和梁发勋告辞后,我又来到另一户人家,主人叫梁思东。说起来我们同样是小学同学,只是多年不见,也同样显得有些陌生了。我说,我记得你们以前是住对面山上?梁思东说,两年前,政府就帮我们全都搬下山了。

我知道,当年他们上山回家时,鼻子几乎要贴着路面;下山时,脚下尽是悬崖。如果是闪悠悠地担一挑或背一背颤巍巍行走在那崎岖山道上,不仅耗时长,而且还会让你气喘吁吁,心惊胆战。

梁思东慢悠悠地吸了一口烟,目光久久凝望着对面山头,不无感慨地说,过去上个街上个学看个病都难啦。现在就住在公路边上，到哪里都方便得很了。老实说，过去我们祖祖辈辈住山上，也没见哪个刨出个"金娃娃"来，种个土地也收不到几颗粮食。现在，我们在流转后，帮人家扯一天草，就可以挣到一百元钱。梁思东说起今天的好，心情就像哗哗流向村头的溪水那般欢畅。

"这除了要感谢国家的政策好外，也要感谢我们村有个好的当家人。"梁思东放缓了语调说。

"你是说哪位好的当家人？"

"梁雄"，梁思东说，"梁雄书记为动员我们下山，为村里的土地流转，为全村道路硬化，为建集中安置点，不知跑了多少路，操了多少心，说了多少话，受了多少累。"

梁思东说到这里时，我又想起姐姐向我描述的她眼中的梁雄书记那疲惫身影。是啊，嘉陵村要脱贫，工作千头万绪，作为当家人哪能不累？

此时，入户走访还在继续。我见缝插针找到梁雄书记，和他聊起嘉陵村脱贫攻坚情况。梁雄高兴地告诉我说，通过政策支持、单位帮扶和群众参与，嘉陵村已在2018年就完成了整村脱贫。2019年已完成全村42户建档立卡贫困户脱贫退出验收。近年来，为改善群众生产生活条件，全村水、电、路改造就投资了近百万元，群众幸福指数也显著提升。

可不是吗？眼前那一排排路灯，一条条水泥路，一根根通向各家各户的自来水、天然气和光纤电视管线，以及新建的图书阅览室、卫生室、健身场等，嘉陵村这个昔日穷村正在发生着前所未有的巨大变化。

梁雄指着那一沟一眼望不到头的荷塘、碧波起伏的水稻和长势喜人的玉米对我说，发展好产业才是群众脱贫致富的根本出路，这也是我们党支部的工作重心。他一挥手说，你看，这 120 亩莲藕基地，100 多亩水稻制种基地，20 多亩甜玉米种植基地，还有光伏发电等等，都是我们助农增收的滚滚财源。梁雄笑着对我说，我们嘉陵村人不仅今年要全面实现小康，而且，我们有决心，也有信心带领大家在未来过上更加美好的生活。

听着梁雄的介绍，望着那一沟一眼望不到头的荷塘，想到一沟上下即将盛开的荷花，我的眼前仿佛已呈现出"接天莲叶无穷碧，映日荷花别样红"的美丽景象。我相信，在党的阳光照耀下，在村党支部的坚强领导下，嘉陵村人未来的生活必定会像那映日荷花般红艳美好。

在我即将离开并深情回望故乡嘉陵村时，突然，一阵山风徐来，满沟的清香沁人心脾。

射洪市九圣村

李竹梅

　　射洪市复兴镇九圣村位于射洪、三台、盐亭交界处，地域面积2.2平方公里，是省级四好村、市级文明村、省级示范农民夜校推荐村、六联机制示范村。全村共有10个居民小组863人，耕地952亩。共有建档立卡贫困户49户136人，2017年贫困村达标退出，2019年贫困户全面脱贫销号。

　　2020年6月19日，我们带着了解脱贫致富的任务走进复兴镇九圣村。一路上，风景如画，鸟语花香，没有尘土飞扬，没有尾气排放，没有车辆行人的拥堵，更没有歌厅酒吧的闹嚷。这里只有静谧的青山绿水和高远的蓝天白云，农田里麦冬、玉米长势喜人，偶尔可见农民在耕作。所到之处，看不见撂荒的土地，看不见破旧的农房，脚下的公路洁净得几乎一尘不染。空气清新如洗，凉风扑面而来，令人神清气爽，真有一种来了就不想走的感觉。我情不自禁赞叹起来：这里真是个纳凉避暑的好地方！

　　我们跟着第一书记薛成来到异地安置新村建设点，一位老人坐在屋门口圆凳上晒太阳。虽是夏天，老人却穿着稍厚的外套，看上去就是个病人。薛书记站在老人面前嘘寒问暖。

薛书记："……你就在射洪，不要去成都了。"

老人："我目前还在人民医院开药吃，主要是高血压、糖尿病，肾上有问题。去年做了阑尾手术，花了3万块钱，感谢政府给我报销了。现在身体还有点故障，脚手有点肿，眼睛看不见了。"

薛书记："你看，如果你去成都，医疗费就报销不了，一些政策福利也享受不到。"

"为啥要去成都呢？"我忍不住插嘴。

老人滔滔不绝讲起来："儿子想把我接到成都去尽孝。可是儿子30岁了还没成家，我怕拖累他，不愿意去。政府为了照顾我，拆了我的土墙房屋，异地搬迁给我修了新房，办了残疾证，买了养老保险，申请了低保，加上独生子女费，每月有500多元收入，还有家庭医生随时上门服务。"

此时我才注意到墙上的"复兴镇'五个一'帮扶力量公示牌"，在贫困户主李思学下面，分别注明市、县、村级帮扶责任人和帮扶单位、部门、企业，各级第一书记亲自挂帅。下面是"帮扶明白卡"和"家庭医生团队签约服务内容介绍"，这些信息一目了然，连电话号码也公开。这扶贫攻坚真是斗硬落实呀！

通过同老人一番询问交流，了解到老人名叫李思学，年逾60。独生儿子叫李雄，在成都一家电子厂工作。为照顾老人，儿子想辞职回家，老人不答应，希望儿子在外面有所作为。走进老人的新居，里面的装修、家具、水电气设备，没有哪点比城里人住的楼房差，环境却比城里优越得多。李思学以前一直在新疆等地打工，落下了病痛，只好回家养病。由于糖尿病、高血压引起眼底出血，几乎失明，早已没有种地，吃用全靠买。在政府协调下，李思学每月给邻居500元钱，请她煮饭洗衣。邻居也是异地安置户，家里只有老两口，女的身体欠佳，有风湿病、高血压，却还养着几十只鸡，过得也算滋润。李思学脸上洋溢着幸福的笑容："政府对我关怀备至，经常有市县领导来看望。我才出院，住院期间各级领导还打电话来关心问候，薛书记更是隔三差五来了解我的病情，关心我的生活……"

我感叹起来："你太幸福了！我好羡慕！"

"就是嘛，自己的儿子也照顾不到这么周到！"

正说着，从隔壁屋里走出一位年近6旬的妇女，她憨憨地笑着。我们走进她的屋子，不禁被墙上那十几张奖状惊呆了。仔细一瞧，这些奖状主要来自深圳龙华区东王实验学校颁发的"英语科第一名""三好学生""才艺之星""优秀班长""十佳作品"等奖项，获奖者像是在不同年级的两姐妹。可以推测，这老人的两个孙女随父母打工在外地就读，成绩优异。

正在我们啧啧称赞时，一只燕子喳喳地叫着飞过头顶，钻进了墙角的燕儿窝里。我们惊喜地看过去，举起手机想给它视频，可它却躲在窝里不想抛头露面。等我刚放下手机，它却瞬间钻出窝来，倏地飞走了。我呆呆地望着那像极了半截淘罐扣在墙角的燕儿窝，想看清里面的小燕子，可那圆圆的瓶颈似的洞口不比乒乓球大多少，根本看不见里面。望着那个用一粒一粒的泥土粘合起来的艺术品杰作，我默默祈祷：但愿漂泊在外的燕子们带着他们的小燕早日归巢，用他们勤劳的双手为建设家乡作出贡献。

　　小车从高架桥上越过成巴高速公路，在一阵狗吠声中，我们走进一家养殖大户。户外的院坝里是一群大大小小的鸡，有好几十只。隔着铁丝网，见有客人到来，不知哪只鸡王一声呼唤，鸡们就一齐涌到铁丝网前，把脑袋从网缝里伸过来，叽叽喳喳叫个不停，似乎在说："欢迎欢迎！热烈欢迎！"我兴奋起来："这些鸡也好客，迎接我们来了。"女主人笑了："鸡饿了，还没喂食。鸡苗都是村上发的，从小养到这么大。"我打听女主人姓名，她似乎不太想张扬，只说姓余，老头姓李。我说家门吔，你真行！男主人骄傲地说，他们还养了20多只鹅，在另一间院子里。

　　一阵猪叫声吸引了我的视线，走近猪圈旁边，圈里躺着几头大肥猪。"哟，这猪好大！"我惊叫起来。想起小时候唱的儿歌："大肥猪，大如牛；大肥猪，一身肉。有多大？七尺七；有多重？一千一……"那时候的猪哪有这么大？太夸张！我家养的大肥猪，估计不足这圈里的猪一半大呢。那儿歌用到现在这些猪身上，真不算夸张了。"有几头呀？"老两口笑得合不拢嘴："有十头，前天四头猪，卖了一万六千元钱。还有六头大肥猪，共养了13头。"在另一个猪圈里，躺着一头母猪，一群小猪惊叫着挤到猪圈角落里。"一，二，三……"小猪们像有些害羞，挤来挤去让我总是数不清。算了，估计不会少于 15 只吧。

再往里走，呀！这圈里养的是兔。它竖着耳朵，鼓着红眼睛望着我们，似乎在问："你们谁呀？好陌生。""乖乖！快快长大，为主人创造财富。"看着这些财神宝贝，主人脸上乐开了花。

九圣村的集体经济发展也让人开了眼界。在一处长满野草、芭茅的荒山坡上，有一片占地 200 余亩的肉牛养殖场，有一座 320 平方米的养牛棚，总投资 40 余万元，2019 年实现集体经济收入 3.68 万元。志远公司捐献幼牛，政府投资修建牛棚。有趣的是，这棚里养着 16 头肉牛和两百多只土鸡，鸡牛同棚，和谐相处。

牛棚的大门敞开着。我们跟着薛书记走进去，里面没有牛，只有鸡。负责养殖的是一个年约 50 多岁的老农，他说太阳出来了，鸡怕热，在牛棚里躲阴凉，牛都放出去吃草去了。看见我们到来，鸡仔们一窝蜂从后门涌出去，分散到草坪上觅食。穿过牛棚，老农端着一个铁撮箕，里面装着玉米粉。他把玉米粉撒在门外的水泥地板上，一手提着空铁撮箕，一手在撮箕的背面拍打起来："砰砰砰，砰砰砰……"棚内棚外的鸡仔们陆陆续续飞跑拢来啄食。我开心地笑起来："敲钟吃饭了！"那只仅有的大公鸡就像称职的家长，也配合着"敲钟"的节奏，伸长脖子"喔喔喔——"催促伙伴们"快来吃饭啰——"这些鸡大约只有一斤重，大概还是子鸡吧？老农说：才养一个多月，半年后要长到六七斤重。跑在后面的是几只小鸡仔，老农说："这是鸡抱鸡，长得慢一点。""鸡抱鸡?! 现在很难得了。"我们感到诧异，于是在草丛中寻找抱鸡婆的窝。

牛到哪去了？我们在山坡上寻找起来。薛书记伸手一指："那里有一头，那边有几头，这还有一头，这是头母牛。"原来它们就在附近草坪上，只是芭茅挡住了我们的视线。

"哞——"一头站在芭茅丛后边的黄牛叫起来，似乎在说："我在这里哟——""看见你了，再叫一声。"我举起手机给它录像，想捕捉它的声音，它却腼腆地把头扭过去，拒绝了我的善意。我们往回走，一头黄牛站在路边专心啃草。看上去它有点瘦，像没吃饱。薛书记说："放养的牛长不肥，但肉质好，不像圈养的牛那样膘肥体壮。"我们试着想从它身边走过去，它却把身子横过来，完全挡住了仅有一尺多宽的小路，吓得我们直往后退。薛书记走过去，像个老朋友一样，拍拍它的脖子摸摸它的头，然后牵着它鼻子上的缰绳，它就乖乖地跟着薛书记走开了。我翘起大拇指："薛书记，你真行！牛都要服从你。"我问："这牛长这么大，几岁了？"薛书记微笑着："一岁了。""它会耕地吗？""可以耕地，但是不需要。""为什么？""这是养的肉牛，脱贫致富需要它创收。"哦，原来他们是九圣村脱贫致富的金元宝！吃草，长肉，或生产小牛仔，就是它们的任务。其实，现在耕牛已经不是农村必须的劳动工具了。

离开九圣村时，我不由发自内心地感叹道：九圣村真行！九圣村的人民真行！薛书记真行！相信在党的脱贫致富奔小康的政策引领下，在薛书记的带领下，九圣村的明天将会更加前程似锦，更加灿烂辉煌！

同心、同行、同幸福
——"爱心企业家"赵海燕扶贫济困记

李龙剑

说起赵海燕,很多人对他不是太了解,他的企业四川红旭房地产开发有限责任公司似乎也是名不见经传,目前效益并不是那么好。赵海燕也常常为企业运转资金短缺而发愁。但了解赵海燕的人总是打心底里佩服他,称他为"爱心企业家"。赵海燕憨厚、老实,有一股勇往直前的拼搏劲和一颗善良、助人为乐的感恩之心。虽然他的手中资金并不是那么宽裕,但赵海燕总是说,是党和政府给予了他宽松的营商环境,使他的企业正在不断从困境中走出,特别是他被选为市十八届人大代表以来,赵海燕履职尽责,自始至终感到这既是一种荣誉,也是一种责任,更是一种动力!凡是他了解到的、知道的弱势贫困群体,他都想方设法挤出资金,帮助他们走出困境,积极投身到慈善事业,精准扶贫等一系列公益行活动中去。赵海燕的事迹,也充分得到了社会的认可。遂宁电视台、射洪电视台、掌上射洪、中国法制网、军威网、今日头条等多家媒体都做了报道。

"善举创造和谐，爱心传承美德，扶贫路上我们同心同行"，赵海燕常常这样说。赵海燕不是射洪本地人，他十六七岁就从河北保定来到射洪消防部队服役，后又扎根射洪35年。去年，在一次偶然的机会，他听说柳树中学有许多品学兼优的学生，由于家庭经济紧张而陷入困境，使部分学生造成了一定的心理负担的情况后，为帮助他们圆求学梦想，为这些优秀的学生搭建更高、更宽的学习平台。赵海燕多次深入柳树中学走访，并与学校领导、教师、学生进行交流座谈，决定向柳树中学捐资8万元"爱心助学金"，资助品学兼优的学生。在2018年11月20日的捐赠仪式上，县相关部门领导也到场致谢，其做法也受到了学校、学生、家长的高度称赞。

其实，大家都不清楚当时赵海燕的具体情况，临近年底，他正多方筹措资金向另一公司支付原材料款，别人是上门等着要钱的。公司班子个别成员也都劝他说先暂缓一下捐款，把目前的难关渡过再说吧。然而赵海燕却内心沉重地说道，困难我们总是能想办法克服的，但学生学习是一刻都不能耽误的呀！是的，赵海燕深知读书的重要性，因为自己在创业过程中就有深深的体会。

赵海燕知道，自己既然是一名人大代表，那心中就应该时时刻刻装着人民，装着老百姓。他非常清楚，企业发展所取得的成绩，与党和政府的支持、人民群众的厚爱是分不开，虽然自己没有承担政府给予的精准、定点扶贫任务，但作为人大代表，扶贫济困，感恩社会，自己也是义不容辞、责无旁贷。

是的，赵海燕是这么想的，也是这么做的。他把回报人民、回报社会作为自己不懈的追求。去年 12 月初，他为了让天仙镇玉贞观村的贫困户过上一个愉快的元旦节，他从企业中挤出 3 万余元，购买了大米、油、汤圆粉等生活必需品，专门租车把所有的慰问品运到几十公里以外的玉贞观村，对 35 余户贫困户进行了走访慰问，并对 6 户特困户建立了档案，以便进行长期帮扶。在走访中他拉着贫困户的手，鼓励乡亲们要树立脱贫致富的信心，克服困难，愿和大家在扶贫致富的道路上一路同行。在现场的天仙镇、县就业局、县广播电视台领导对赵海燕的义举给予了很高的评价。许多贫困户都动情地说，感谢党和政府！感谢赵总！有你们的帮助，我们一定会早日摆脱贫穷，过上幸福的生活！

正是因为赵海燕心中装着百姓，时刻惦记着哪些弱势群体，才使他心里充满了慈善之心，从而也付诸到了行动中去。近两年来，他对子昂街道办事处德胜街道、白莲村的 4 名留守儿童、两户特困户进行了长期帮助，为他们解决生产、生活、学习上的困难，共用资金达 10 万多元。赵海燕提出的扶贫攻坚建议，动员全县企业家共同参与，出资出力，寻找致富门路，实行"任务到头，责任到人，时间到点，目标到位"的四到机制也得到了上级领导的肯定。

在 2020 年新冠肺炎疫情之时，为了打赢抗疫斗争的胜利，赵海燕同志第一时间深入社区走访，了解群众生产、生活情况，并向广兴镇镇政府、太和街道办事处三元宫社区和困难群众共计捐现金 5 万元；向市委统战部、武装部、市人大共捐价值2万余元的酒精、口罩、方便面等物品。

路漫漫其修远兮。赵海燕决心在扶贫攻坚、关注留守儿童上自订目标，自加压力，每年完成3—5名留守儿童的帮扶任务，对3—6名重点贫困户实行对口帮扶，对5—10名品学兼优的贫困学生进行助学扶持。让更多的弱势群体享受到党和政府的温暖。

人，生命有限，但大爱无疆。赵海燕，一个老实巴交的企业家，他总是把帮助别人，关心他人当做自己的一大幸事，默默地、悄无声息地奉献着。

赵海燕，一个普普通通的人大代表，一位优秀的企业家，在精准扶贫活动中，在关注民生、扶贫济困上实现着他的诺言，让大爱之心与那些贫困弱势群体一道，同心，同行，同幸福！

二〇二〇年十二月

火中情

刘 军

"深入基层不放松,立根原在群众中。千磨万击还坚劲,任尔东西南北风。"习近平总书记曾改写郑板桥的《竹石》一诗,作为自己上山下乡的最深刻体会。工作在脱贫攻坚基层一线的扶贫干部都会有一种同感:执行好才是真的好。

2020年5月27日,离国家脱贫攻坚现场普查登记不到2个月时间。大榆镇飞石沟村驻村工作队和村两委跟以往一样,忙碌着对飞石沟村村级资料进行整理,谨小慎微地填报贫困户各项数据和认真仔细地核对"一超六有"的各项指标。

当天晚上9点过,飞石沟村村办公室灯火通明,工作热火朝天,能够听见键盘敲打的声音,打印机也嗡嗡直响。驻村工作队3人在村办公室分工录入脱贫攻坚国家普查登记清查摸底数据,逐一核对贫困户《帮扶手册》的每一个字。"何书记、刘书记、任主任,快……快点……2社杨常双家着火了……走!灭火!"

村干部敬柱木焦急万分地在门外喊着,骑着电瓶车飞奔而去。

说时迟那时快，第一书记何良和驻村工作队队员刘军、任济洲放下手中的资料袋，只听见两轮摩托车"轰"的一声朝着2社奔去，一路上还不停地喊着在家的群众前去灭火。

杨常双家住在飞石沟村2社的坡上，从村办公室去往他家的交通受限，下坡弯道，也只能骑车去，况且夜晚视线受限。杨常双患有面瘫，听力也不好，他儿女长年在外务工。天有不测风云，老伴前几天脚不慎扭伤，走路也一瘸一拐。

何良和刘军们赶到现场时发现，着火点是老式木质结构厨房，火势较大，当晚还有微风，救火动作稍慢就会顺风燃烧至其他房间，后果不堪设想，当天晚上他家储备的水也不充足。老两口急得不知所措，几乎都快哭起来了。群众利益无小事，虽然困难诸多，也要绞尽脑汁找到可用水源灭掉燃烧的火源。这时候，部分在家的群众纷纷赶到现场，只见他们累得直喘气……

第一书记何良见此情形，将现场的人员进行了科学分工：年少的负责去杨常双家里和房屋后的水井打水、向房顶泼水灭火，年长的负责打电筒。经过大家齐心协力的合作，火势逐渐小起来，可是木质结构的椽子在瓦下方，如果不彻底清除火种，还会继续燃烧。咋办？这时，6社年轻气壮的罗其玖说："你们给我扶楼梯，我上去把瓦给勾下来……"话音刚落，已经把楼梯搭在了房檐边，几个群众死死地扶着楼梯，罗其玖带上铁耙，三下两除二一鼓作气就将瓦掀了下去，罗其玖被烟熏得直咳嗽，全身汗如雨下。何良、刘军将群众打来的水使劲泼上去，几上几下就彻底灭掉了椽子的燃火点。

散文卷 / *087*

半小时过去，火势已灭。

看此情形，现场的群众已经松了口气。

刘军对何良说："何书记，我们只是灭掉了房顶的火源，掉到室内的火种说不定还会引起二次燃烧，干脆将木质厨房的房顶给拆除，你觉得咋样？"何良听后点点头。

"大家听我说，我们把室内的那些易燃品搬出来，免得半夜三更再燃。"何良话音刚落，就带着头盔独自一人进去搬碗柜，刘军带领群众和何良一道将室内的木质小桌子、木凳子、干柴等易燃物品搬出室外，把掉下残缺直冒烟的椽子又泼了几瓢水，翻来覆去检查没有一粒可燃火种。

大家打起电筒将楼顶、室内、室外全方位"侦探"了一番，查找没有可燃点后长出一口气，大家挥汗成雨。经过现场查看，人、财、物没有受到损失后群众才纷纷散去。

杨常双和老伴看到火势已经灭完，热泪盈眶，几次想表达谢意又说不出口。何良见此情形，握住钱华玉的手说："娘娘，火已经灭了，家里的东西没有损失，你们两位老人家安全比啥都重要。今晚你们啥都不要去想，好好地休息，明后天找个匠人来给你们把厨房重新修一下，这几天你们煮饭就用天然气，方便卫生又安全。明天我给你们儿子通个话，把情况说一下，叫他们也别担心。总之，一切都会好起来的，相信党和政府，相信我们大家！"

钱华玉眼含泪水，紧握住何良的手，久久不想放下，哽咽着说："何书记，你是党派来的好干部，是我们的贴心人，我们文化少，也不会表达些啥，只晓得感谢！感谢！感谢！"

何良带领刘军、任济洲回到宿舍已经是半夜 11 点过，辗转反侧，总是睡不着觉，还在商量着如何去进一步安慰老两口，如何解决厨房的维修问题……

第二天 7：30 分，何良带领刘军、任济洲一起来到了杨常双家，看望老两口，嘘寒问暖，再次安慰他们，向他们介绍厨房维修的方案，烧彩钢篷，不仅防雨，而且不易燃烧。杨常双老两口听后点点头，脸上露出了微笑。

当何良和刘军他们离开时，钱华玉拄着棍子，挥手致谢，直到看不见身影才回到了家。

……

飞石沟村驻村工作队又废寝忘食地工作着，严阵以待迎接国家脱贫攻坚普查登记的到来。

这里，每一滴水都是孕育者

庞雪君

从荒山野岭到金山银山

沿遂宁美丽的农环线，在蓬溪县明月镇金竹林村的公路边，我看见刘云华和他妻子梁月秋在玉米地里松土、浇灌……一幅幅画面不由浮现在眼前，多年前，他的父亲刘国楷在这片荒地上紧拉着时任民盟中央副主席李重庵的手说："我家孙娃在乡里读书，每天只能吃几根红苕，想吃几颗米都不得行。这个水库垮20多年了，只能靠天吃饭，接连有三年我们没得一颗收成，我现在七十多岁了，如果这个水库再不修起来，我死了眼睛都闭不上。"李重庵感慨万端，心如火焚，仔细询问当地农村和农民的生活情况。他动情地向围拢来的群众说："党和国家都非常关心老百姓的生活，我就是受民盟中央丁石孙主席委托，专程来调研你们反映的黑龙凼水库复建问题，民盟将把这项工作作为民主党派参与地方建设的样板予以支持，相信水库能复建成功！"黑龙凼水库开工后，时隔一年，李重庵副主席再次到黑龙凼视察水库复建工程进展情况，刘国楷闻讯赶来，手捧感谢信拉住李重庵久久不肯松手。后来，当记者去民盟中央机关采访，李重庵谈及此事时仍热泪盈盈，几度哽咽。

如今在这片青山绿水之间，刘云华和梁月秋浇完地，又进屋抓了一把谷子撒在地上，七八只鸡立即围过来，他告诉我们，种的小菜够自家吃，还做了水田，当年读书的儿子已经在广汉成家。他哥哥本来住在遂宁儿子家中，现在农村不缺水了，条件好，准备回金竹林村在原屋基地重建住房，搬回老家和他一起孝敬母亲。他还说："这里群众都晓得'盟遂合作'，老百姓得到了大好处，没有黑龙凼，庄稼用水就解决不了，水方便，我们就在屋前屋后开荒种地，绿水青山硬是（方言）金山银山哦。老婆有病报销，家里老妈情况不好享受着国家低保，又搬了新房子，生活变化很大，日子越过越好。"

水滋养着万物，也涵养了绿色遂宁。目前，"盟遂合作"另一重大水利工程——武引篷船灌区工程又在紧锣密鼓地建设中，将于 2021 年正式蓄水，年供水 1.93 亿立方米，融农业灌溉、城乡生活、工业供水等水资源综合利用功能于一体，可冲蓄黑龙凼水库、赤城湖进行补水，还将作为遂宁市主城区的应急备用水源。在民盟中央的助推下，安居区萝卜园水库建成蓄水，梓洞沟水库立项顺利推进，经过多年不懈努力，逐步改变了遂宁区域性缺水的现状，为经济社会高水平发展提供了重要的要素保障。

"这里，每一滴水都是孕育者，承载着旱区人民的期盼；这里，每一滴水都是抚育者，传承着为民谋利的孜孜信念……"这首黑龙凼水库大坝落成典礼时的朗诵诗是对党盟合作兴水利最好的诠释。

从红薯到金薯

有时贫富差距就是自然环境的差距。蓬溪地处涪江流域和嘉陵江流域分水岭地带,是四川全省人均水资源极贫乏的县之一,人均年水资源占有量为150立方米,仅为全省人均量的1/20,十年九旱,"走出丘陵"就是走出贫困的代言词,缺水成为他们离弃故土之痛。

在明月镇西林村的一片麦地里,主人李家强、镇党委书记胡大为正在地里一边扯燕麦一边聊产业发展问题。2014年在外漂泊多年的李家强回家乡时看到美丽的黑龙凼水库,听到"盟遂合作"为民谋福的感人故事,看到昔日荒山野岭如今山清水秀,兴奋不已。然而大批村民外出打工,撂下大片大片荒地,他心痛极了:"如今这么好的水资源,是大搞农业产业的好基础。"他决定回乡种地,说干就干。2014年8月,他在自己土生土长的土地上成立了四川俊成生态农业开发有限公司,流转土地700多亩,请来专家对水文、土壤、环境进行分析,搞起了富硒生态农业种植、养殖,硒生物根植转化技术推广、产品加工、收购、营销、配送为一体的综合性农业企业。举办CAS农场体验、打造"互联网+农业",调动贫困户当小家庭农场主、入驻合作社,免费向贫困户提供技术、发放种苗,实行企业统一回购、统一销售。

黑龙凼水库的成功复建,吸引了明月、大石、宝梵等乡镇的一批在外成功人士回乡创业发展。因为有优质的水源保障,黑龙凼农环线片区成为了遂宁农业产业大环线"520 金薯"系列产业发展的核心区域。该区域的"520 金薯"已成为高安全、高品质、高营养的富硒生态农产品抢手货,与淘宝、京东、川猫、赶场小站等电商平台联手合作,农产品畅销全国各地,供不应求,带动了黑龙凼片区农村的整体发展和农民脱贫。

幸福之水源远流长

1985 年遂宁建市,百废待兴。为了谋求发展,遂宁市第一届领导班子决定寻求智力支持,民盟本着"奔走国是,关注民生"的信念和追求,担起了智力援遂的责任,与遂宁党政共同开启了"盟遂合作"工作。自 1986 年开始的"盟遂合作"便一直伴随着遂宁建市、改革、变迁和成长。在民盟和遂宁双方的高度重视、通力合作下,从科技兴农到科技兴工,从能源水利到职业教育,从绿色发展到科技创新,给民众不断带来获得感。30 多年来,合作双方以高度的政治责任感和历史使命感,坚定不移地扛起"盟遂合作"这面旗帜,今天又聚焦国家成渝地区双城经济圈发展战略,共同谋划推进遂潼一体化发展、盟遂合作乡村振兴示范区和中国科学院大学健康医疗大数据遂宁研究中心等方面的合作。

水的力量比所有承诺都有力,多党合作犹如甘泉活水在川中丘陵脱贫奔小康的大地上源远流长。

不负青春好还乡

税清静

我的家乡遂宁大英县，不仅有闻名于世的"死海"和卓筒井，更有贫瘠的红土地和红土地上万万千千长期与贫困作斗争的父老乡亲。这些年，他们都过得好吗？

2020年8月2日下午，在大英县农业农村局副局长赖安珍、荣学飞和大英县作协主席刘安平等人陪同下，笔者前往遂宁市乡村振兴示范点土门垭村采访。由于前两天一直下雨，太阳一出，既是高温又是高湿。车外温度应该有三十好几度，人一下车就像进了蒸笼，立即浑身冒汗，幸好大英县农业农村局的干部税文君早有准备，不仅给大家发了矿泉水，还有藿香正气液。

我是在农村长大的，我知道高温天气虽然于人畜无益，可是对于庄稼却非常必要。四季分明，该热就热，该冷就冷，作物才能丰收。学畜牧专业出生的四川省劳模赖安珍，一路牵挂着那些发展养殖产业的村社，她说："这种高温高湿天气，人都受不了，更何况那些禽和畜。枯井村的村集体经济项目跑山乌鸡养殖基地，昨天就出现了一些问题，幸好我们局里引进有专业人才养殖专家唐利军，给他们的鸡拿了点药，及时控制住了，要不然损失就大了。"赖安珍既像是谈乡村经济，更像是在安慰自己。老百姓有句俗话说得好："家财万贯，长毛的不算。"就是说搞养殖太难了，一场鸡瘟或者一个什么流行病，就可能让一个鸡场倒闭，让养殖户血本无归。

土门垭村距遂宁市22公里，离大英县城区仅12公里，走宽阔平坦6车道的遂大快捷通道，说话间，车已经进入土门垭村。只见绿水青山间，一个个安置小区，全是粉墙黛瓦，两三层联排或独栋别墅小洋楼，小区周围还有一些超市诊所等便民场所。

汽车从一个有着"赵坝"标志的红绿灯处拐下小路，乡村道路也全部硬化可通行汽车。不管是快捷通道还是村道两边，都可见不同的农业产业项目，一个接着一个，种植中药材的、种水果的、开家庭农场的随处可见。

据土门垭村党总支书记、村委会主任张济中介绍，土门垭村是2020年10月村建制调整由赵坝村和土门垭村两个村合并而来，因两个村都与土门垭这个垭口相连，故取名土门垭村。"我们现在的位置，就是赵坝。"他接着介绍说，"早在上世纪50年代赵坝和土门垭村就是一个村，由于地理位置相连，道路相通，产业相近，群众习俗相同，现在两个村合并成一个村群众都比较赞同。合并后，土地集中了，更有利于连片发展产业、推进基础设施建设。"

左前方一排红底白字的大标语耸立在田间，上面赫然写着"大英农村商业银行助力乡村振兴",大字后面远处靠山又是一片别墅小区。后来才知道,这种别墅小区其实是土门垭村的数个"新村聚集点"之一,随行的隆盛镇人大主席舒建国说:"土门垭村地处大英县现代农业园区核心区域,这个村老百姓已经全部集中居住了,住上新房后,老宅基地全部复耕,并且参与到土地流转当中,全村土地流转达100%。"

"土地流转多少?"我以为他口误,没想到身边大英县农业农村局和县扶贫开发局的同志都异口同声地说:"土门垭村土地流转100%!"

我没有再问,因为我已经被这个数据震惊了。

上个世纪七十年代,我出生在隔壁邻县射洪农村,地区条件与大英相差无几——一样的丘陵地区,交通不便,地少人多,千百年来生活在这里的人民都是脸朝黄土背朝天,一年四季战天斗地,从早到晚在土地里刨食,反而落得吃不饱穿不暖。改革开放后,农民增收改善生活的唯一出路,便是外出打工。我改变命运则是通过读书当兵考军校,但能走通我这条路的人毕竟是少数。大多数人成年后便背上行囊外出务工挣钱。

而我们眼前的土门垭村,却实现了土地流转100%。就是说,这个村,已经没有真正的农民了,那么这些农民又去哪儿?

务农重本,国之大纲。十九大报告中指出,实施乡村振兴战略,农业农村农民问题是关系国计民生的根本性问题,必须始终把解决好"三农"问题作为全党工作重中之重。

土门垭村如今的负责人张济中出生在缺吃少穿的年代,长大后正遇上改革开放。肚子都管不了的年代,谁也顾不了武装脑袋，没读多少书的张济中，只好像其他同龄人一样背着铺盖卷天南海北闯天下。离开家乡的张济中很快适应了环境，加上他爱学肯钻，没过多久便做出一些成绩来，经济上也逐渐有了一些积累。后来西部大开发，很多人在新疆租地当"地主"，张济中觉得自己到底还是农民，既然老家大英人多地少，自己干脆在新疆"买"地当"地主"算了，于是他东拼西凑筹措了40万元，在新疆若羌县"买"下了100亩地种西瓜，回归老本行，当了个大农民。几年下来，张济中在新疆种西瓜也挣了些钱，一家人生活也得到了改善，但他的心中始终不踏实。他对大英，对土门垭有一种割不断的牵绊，因为他的根始终在郪江边的土门垭村。虽然人在千里之外，但这些年家乡的变化，张济中是时刻关注着的。当大英县振兴乡村的号角吹响时，张济中就毅然决定将新疆那100亩地转租给别人，自己回到了土门垭村，并被选举为脱贫攻坚乡村振兴带头人。

张济中接着说，实行村支部书记和主任"一肩挑"后，土门垭村一共设有书记主任1人、副书记1人、副主任1人、村文书1人。村两委班子平均年龄降至45岁，同比下降8岁，大专文化程度1人，其余均为高中文化，班子的战斗力和为民服务的能力更强了。

近几年，土门垭村抓住现代农业园区建设的有利机遇，回引农民工，大力发展水果和药材两大主导产业。水果主要有"爱媛38"和猕猴桃，面积760亩；中药材以刺梨、天门冬、白芨、黄精、川三七、金银花、红豆杉等为主，面积1400余亩。农户除收取每亩750元的土地租金外，还能在基地务工，这些基地常年需要务工人员达 300 多人，工资 50 元/天，一般人一年能挣 8000—12000 元，同时还能学到种植技术。比如 3 社的漆勇，在看到这些业主效益可观后，便自己种植香桂 15 亩，并经营鱼塘 15 亩，年收益达 3 万元以上。

"也就是说，现在全村百姓土地全部流转以后，他们除了继续外出务工，剩下的人就直接在家门口就业了。全村农民都成了产业工人了，是这个意思吗？"

"是这样子的。"张济中答道。

2017 年 12 月 29 日，中央农村工作会议提出走中国特色社会主义乡村振兴道路，要按照产业兴旺、生态宜居、乡风文明、治理有效、生活富裕的总要求，让农业成为有奔头的产业，让农民成为有吸引力的职业，让农村成为安居乐业的美丽家园。

按照"产业兴旺、生态宜居、乡风文明、治理有效、生活富裕"的总体原则，土门垭村积极开拓思路，着力推进乡村振兴，大力发展生态、高效的特色产业，配套完善基础设施，全面改善人居环境，创新发展方式和管理模式，以全新理念建设"看得见山、望得见水、记得住乡愁"的美丽乡村。现如今，"宜居、宜业、宜游"的现代美丽乡村已初显成效。

在县、镇两级政府和县扶贫开发局、农业农村局等单位领导支持下，土门垭村为破解制约产业发展的难题，实现乡村振兴，通过"亲情招商"和"回引工程"等方法，吸纳了不少在外创业成功人士回乡投资创业。通过土地流转发年金、就地务工挣现金的方式，将产业发展与村集体经济、贫困户脱贫紧密结合，让大量村民脱贫致富，并且随着绿色产业的不断壮大，发挥的社会效益也越来越明显。这一点应该好好地大书特书。

振兴乡村必须解决好人、地、钱的问题，尤其是人的问题。人们已经意识到，只在农村内部打转转，路子越走越窄，会走入死胡同。城乡融合是破题的希望，应建立相应的体制机制和健全政策体系，把人才作为突破口和牛鼻子，实施人才强村战略，制定激励政策，才能吸引大学生、复员退伍军人、返乡农民工等回来建设家乡。

为大力推动乡村人才振兴，培养和一大批符合时代要求、具有引领和带动作用的乡村人才，为脱贫攻坚和乡村振兴不断注入活水。2020年1月，遂宁市委组织部联合遂宁市农业农村局开展了"乡村人才振兴百村千户示范工程"5年行动，评出2019年度5个市级乡村人才振兴示范村和50户市级乡村人才振兴示范户。土门垭村的邓永军、秦辉和李方平三人，就位列其中。

休闲农庄是乡村旅游的一种类型，近年来，大英把发展乡村旅游与休闲农业、推动农村一二三产业融合发展作为深化农业供给侧结构性改革的重要举措，大力培育经营特色化、管理规范化、服务标准化的休闲农庄。

邓永军，与村支部书记张济中一样，早年外出谋生，2013年回老家土门垭村创业，承包群众土地70余亩，建设军辉家庭农场，主要从事养殖业。随着遂宁到大英快捷路修通，并路过自家农场门口，邓永军进一步扩大生产，现在总共流转土地 300 余亩，主要饲养跑山猪 300 余头，跑山鸡、鸭、鹅共 2000 多只，种植蔬菜水果等，每年收益 40 万元左右。

邓永军的军辉家庭农场分为绿色果蔬区、生态养殖区、餐饮娱乐区、垂钓休闲区等四个区域，结合生产、生活和绿色生态于一体，不仅有效提高了生态资源的综合利用水平，改善城乡生态环境，而且还能常年吸纳农民就业近 100 人，扩大了当地居民的就业面，有力地支持了土门垭村的脱贫攻坚工作。2018 年，邓永军的农场还主动帮扶隆盛镇的贫困村黎明村，通过赠送价值 8 万余元的 60 多头跑山猪猪仔给黎明村，促使全村 40 户贫困户 97 人脱贫，为全县脱贫攻坚及农业产业发展做出了贡献。

邓永军本人于 2017 年 12 月被县旅游局评为"乡村振兴带头人"，他家的军辉家庭农场也于 2018 年 1 月被省农业农村厅评为"省级示范休闲农庄"。

秦辉也是土门垭村的能人之一。上个世纪 90 年代初，秦辉与其他南下打工的同乡一样，怀揣着梦想去了沿海发达地区，在那里他开阔了眼界，增长了知识和才干，并掘得了人生第一桶金。2008 年，一心牵挂着大英这片红土地的秦辉，毅然放弃了那边的高薪工作，回到家乡创办起遂宁首家本土二次供水技术服务公司。随着全国精准扶贫的大力开展，2015 年，他回到生他养他的土门垭村，开始了他人生的第二次创业——回来当一个农民。当然，此时的农民，已经与三十年前农民完全不可同日而语了。

秦辉回到土门垭村，以自己祖上留下的老房子为基础，流转乡亲们的土地，发展休闲养老产业。他成立了"大英县浩翔种养殖专业合作社"，采用"合作社+农户+服务+市场"的模式，带动村民致富。目前秦辉共种植有"爱媛38"橙子420亩，耙耙柑60亩，桃、李各30亩，观光植物红霞杨30亩，套种红豆杉200亩，樱花、紫薇花50亩，果园内还放养四川山地黑鸡，实现了生态种养。

几年下来，秦辉投资创建的"红豆杉养生谷"项目占地达600余亩，总投资达2000多万元，以"观光旅游"和"生态养老"为主题，打造出了酒店式生态养老院及休闲度假区。既保留了传统林农业不变，又融入现代林农气息，形成人与自然相结合的和谐特色旅游。

秦辉说："年轻时觉得钱赚得多，过上城里人的生活才算成功，但随着年龄和阅历增长，我还是放心不下土门垭那片热土。我回乡创业的目的，就是要让乡村'活'起来，让乡亲们富起来，过上城里人的生活。"

在秦辉新装修的综合楼四楼会议室，他指着窗外不远处一些邻居的房屋说："下一步，我准备把他们那八户人的房子都统一装修，做成民宿，带着他们发财。"

秦辉送我们离开时，站在路边指着右前方的高山说："那是寨子坡，很多年前上面是住着土匪的。"也许其他人没有注意，我知道秦辉想要表达的是，只有在如今国泰民安的太平盛世下，自己作为一个小小百姓，才能做出如此成绩来。

在大英县扶贫开发局四楼，县扶贫开发局党组成员、县供销社监事会主任廖成龙，谈起土门垭村乡村振兴的事，用北方话叫做"门清"。他告诉笔者，土门垭村有个叫"大英县卓维达"的水果种植农民专业合作社，主要种植红心猕猴桃，林下散养土鸡，每年举办采摘节，能吸引不少游客，解决不少就业。农业农村局的赖安珍、荣学飞曾带我去看过，他们当时正在采摘，因为三四月份干旱，今年果子明显偏小，不过因近期雨水多，猕猴桃水分充足，重量反而比较重。当时我曾随手捡了一个放秤上称，足足有 82 克，给我称秤的就是猕猴桃基地负责人文笃旭。廖成龙还告诉我说，文笃旭还是一个发明家，他先后围绕猕猴桃产业发明了"智能显示控制猕猴桃冷藏柜""猕猴桃加工全自动切片烘干机""猕猴桃干生产烘干机""猕猴桃冷藏内循环自动保湿冷冻机""猕猴桃储存低温气调库""猕猴桃冷藏专用冰柜"等多项国家发明专利。

  这让我立即又想起了在大英农业农村局见到的唐利军，唐利军作为大英县从外面引进的农业养殖人才，拥有 9 项国家发明专利。如此看来，大英县的乡村振兴跟引进这么多专业技术人才，有着必然的联系。

  "功以才成、业由才广"，大英县县委党校副校长、县脱贫办干部蒋志强告诉笔者："乡村发展的硬实力、软实力，归根到底要靠人才实力。实施乡村振兴重在'人才振兴'，只有抓住人才核心，激活乡村振兴'人才引擎'，让他们愿意来、愿意留，在乡村振兴的广袤天空放飞梦想、使人生出彩，才能奏响乡村振兴的时代强音。"

  当然，乡村振兴是一项系统工程。革命尚未成功，同志仍须努力！

沃柑翠竹满龙滩，扶贫砥砺女"村官"

徐 冰

2020年6月9日，受射洪市委宣传部、市文联分派，由我驾车，同乘人员田文春、谭高文、熊伟、涂宾伦共5人前往明星镇龙胆村参观，进行"扶贫"采风。

车出射洪，沿涪江边318国道，穿瞿河镇、沱牌镇，往明星镇方向前进；"晨曦初露带霓旌，绿野山川画里行。心旷神怡轻车路，朝阳伴我到明星"。一路上，山水秀美，薄雾轻烟，给人一种如诗如画的感觉；8点40分左右，我们到达了明星镇，在明星镇的街口，镇党委书记刘少兵简单介绍了行程，我们扶贫采风团队先参观龙胆村雷竹产业基地，然后参观龙胆新村集中住宅小区，最后参观农环线沃柑种植基地。随后，我们一行开始出发，前往第一采风村点，龙胆村。

穿过明星镇硅化木遗址公园，前行20多分钟后，我们到了龙胆村。下车后，因为村支部书记徐丽诗去洽谈另一个项目，一位当地雷竹基地管理员徐金凤充当我们的临时导游。

从公路向左前行数十米，就到了龙胆村。一眼望去，我们仿佛到了无边无际的竹海。竹林苍翠，郁郁葱葱。在这一刻我才明白"宁可食无肉，不可居无竹"的真谛。据徐大姐介绍，龙胆村，以前叫龙滩村；这里是川中典型的丘陵地貌，山环如月，却无三尺平地。土薄地窄，一遇下雨，山水无束，如瀑如泄，恍若龙滩。真正是挣钱靠做工，吃饭靠天公。当时，龙滩就流行一句谚语："七拐八弯，出门靠担；穷乡僻壤，吃饭靠天；养儿皆是他家婿，养女不嫁湾龙滩；龙滩平地少，三湾九个坡，出门就下坎，公粮一万多……"。

　　后来在本世纪才更名为龙胆村。因为村民居住较为分散，部分村民住在坡坎顶上，生产生活极为不便；长期以来靠种植玉米、红苕、大麦、油菜等传统农业作物，收益微薄。村里绝大部分年轻人都外出打工，只留下一些老弱病残，所以一直以来都相当贫困。2015年全村建档立卡贫困30余户共一百多人，月人均收入只有区区几百元，且村无集体收入、无卫生室、无文化室，被评为明星镇典型贫困村。从2016年起，该村支部书记徐丽诗通过招商引资，引进外地企业家资本，并带领村委支部一班人，在全村人的共同努力下，实行土地流转，种植雷竹，开发销售雷竹竹笋产品，增加村民收入。村集体面貌才开始改观。在镇政府扶贫办的帮扶下，龙胆村正依靠农环线，大力发展畜牧及经济林种植。

　　说话间，我们来到了龙胆村村口。"生态优先，绿色发展，以竹兴业，因竹致富"16个大字映入眼帘，在一片翠绿色的背景下，这16个字显得格外醒目。环山而建的水泥公路在村口分岔，一条向坡台，一条向竹林，蜿蜒穿林而去。前行数十步，一个农产品展示台出现在眼前。品名为龙胆春竹笋，分为冻干鲜竹笋，和烘干竹笋。春夏时节，还有及时售卖的冷藏鲜竹笋。展台上还有另一种产品，龙胆沃柑。徐大姐介绍："目前沃柑种植有一千二百多亩，分布在弄环线一带。雷竹笋主要在春季采收，土地流转村民有一部分固定收入。种植竹笋，养护管理竹笋，采收竹笋，为村民拓宽了收入来源。现在，我们正利用雷竹生长空闲区，进行林下跑山鸡的养殖，一是养鸡可以增加经济效益，二是为雷竹的生长提供绿色有机肥，三是利用生物防治雷竹的虫害，基本上不使用农药及化肥。"

这时，一位提着小型扩音设备的大爷走过来，他打开机器，开始播放音乐。只见雷竹林下，呼啦啦跑出来几大群跑山鸡，音乐朝哪儿移动，鸡群就朝哪儿移动。

徐大姐继续说："这种跑山鸡，春季过后开始购入鸡苗，完全野生放养，村民按只数入股，只喂少量粮食，其余时间就让它们自己在林下找食，是给雷竹除虫除杂草的好帮手，平时产蛋，冬季出栏，扣除鸡苗和管理费用外，村民又会额外增加一笔收入，我们马上将把龙胆村二台坡地全种上雷竹，到时候，鸡群规模可以繁殖发展得更大，村民人均月收入将达到两千元以上。"

沿着一道用砖做围墙的梯道，我们向坡地行进。梯道两旁栽种的李树、桃树正硕果累累，快要成熟。

上得二台坡地来，一条水泥路环山而建，周围的坡地上都种满了雷竹，雷竹正茁壮成长。站在二台坡地向下一眼望去，雷竹林莽莽苍苍，就像一片绿色的海洋，漂浮在群山之中，在竹林中央还有一方生态鱼塘，在竹林的边缘还有几排红墙碧瓦的小别墅，哪里就是我们要去的第二站，龙胆新村集中住宅小区。这时，太阳当空，几只鹭鸟在竹林深处盘旋，"林梢旭日升，碧水薄霞冥。鸥鹭墟烟上，飞来绕竹荆"风景秀丽的雷竹村如诗如画，令人陶醉。

在下坡的途中，徐大姐说："其实挖笋的劳动活轻；年青的外出务工，留下的大部分村民在村支部书记徐丽诗的带领下，春季挖挖笋，夏季养养鸡，秋天管理管理竹林，冬季就摘摘柑橘。种植养殖两手抓，村民收入提高很多，全村基本上都已脱贫，走在致富的小康路上了……"

在徐金凤大姐的带领下，我们来到了雷竹新村集中住宅小区。小区建设在龙滩沟，依山傍水，背靠龙胆山，面前是一方人工鱼塘。宽阔的水泥公路通向各家各户。这里的小区完全是按照别墅形式来修建的，二十多栋小洋楼，大小适中。每栋楼都带有独立花园和院落。我们来时，花园和庭院里的各种鲜花开得正好，有水仙花，红黄色的鸡冠花，还有芍药和三角梅。在小区和鱼塘周围，还辟有一些菜地，里面种着各种各样的时令蔬菜。

徐大姐介绍说，这个小区安置的贫困户，大多数是从坡坎地搬迁过来的。通过集中安置，统一安装生活设施，同时建起了村卫生室、村文化室和体育设施。村民的生活质量得到了很大的提高，几乎家家户户都有彩电、冰箱、洗衣机等各种家电设备，还有大部分村民安装了空调……

　　这时，我们遇到了一个刚从外面摘菜回来的大娘。和大娘打过招呼，大娘乐呵呵地邀请我们去她家参观一下。大娘姓李，儿子在劳务公司务工，是属于扶贫劳务输出那一种。李大娘说："儿子收入稳定并且有保障，再也不用担心了，老伴在村上负责跑山鸡的养殖，月工资加上年底分红，我们已经富裕起来了"。来到大娘家楼房前，只见楼房左边的墙面上写着：推动农业全面升级，农业强；推动农村全面进步，农村美；推动农民全面发展，农民富。墙的右边写着十四个大字：凝心聚力跟党走，真心实意感党恩。大娘的花圃里种的和其他人家不一样，鲜红的水仙花下间种一些花生。一进家门客厅，32寸大彩电挂在墙上，中间是一张八仙桌，靠墙一溜沙发，墙角还立着一把全自动落地扇。"咋不安空调呢？"我笑着问。大娘呵呵一笑："卧室里面安了个，不实用啊，一是乡村晚上本就凉快，二是老头子有风湿，不能吹空调，现在都成摆设了。"大娘的厨房和卫生间也一样是现代化的生活设施齐备，"现在的生活就是好啊，还真的要感谢镇上扶贫办和劳心劳力帮扶的徐书记啊"，大娘继续说，"当初徐书记来做土地流转工作的时候，我家老头子死活不同意，后来徐书记出了个办法，叫我发动子女，搞个民主投票制，才让老头子同意的。我们村的土地流转费也是很高的，七八百一亩呢，我们去挖笋、捡拾鸡蛋都有工资，平均50到60元一天，月月发工资呢"，大娘越说越兴奋，脸上洋溢着满足而又幸福的光芒。

散文卷／107

从李大娘家出来，我们在徐金凤大姐的带领下，开车三公里左右，便来到了龙胆下半村。下车后，徐大姐热情地介绍了眼前这片沃柑园的主人，正在察看柑树的邓波。邓波是九零后，成立了自己的劳务公司，主要在北京从事建筑行业的劳务输出工作，是明星镇为数不多的成功人士之一。由于这里毗邻大英边界，离县城足有 30 多公里，青壮年大多外出打工，所以田地荒芜严重。前年春节回老家，邓总便萌生了投资创业、反哺家乡的想法。

　　这时，邓波已经从园中走了上来，咋一看，显得非常年轻壮实，精明干练。"当初你是如何想到要种植沃柑的呢？"我问道。

　　一说到沃柑，邓波就滔滔不绝说起来，"往些年在北京承包建筑工程，的确挣了不少的钱，北京的鸟巢体育馆就是我们明星镇人施工建修的；前年回老家时，见到家乡正在进行扶贫搬迁，我也想为家乡的经济发展做一份贡献，和村上徐丽诗书记一接洽，就立即受到了热烈的欢迎和大力支持，特别是在土地流转过程中，明星镇党委扶贫办和村支部做了大量而又实际的工作；因为我在北京有销售渠道，而且我也了解沃柑的经济价值，所以就确定了种植沃柑；我们成立了射洪民安农业公司，一期沃柑基地总投资一千万，流转了 800 多亩土地，专程到重庆富隆公司引进的沃柑栽种技术和柑苗，并派出人员学习技术"，邓波用手一指，"瞧，就是面前这片沃柑园，这些果树今年已经开始挂果，明后年进入丰产。当初这片土地，荆棘密布，杂草丛生，我们还动用了挖机才将果园整理出来，然后开沟建垄，植上柑树；去年，我们又进行了二期工程，投资 600 多万，流转土地 400 多亩，全部种植了沃柑；今年，在疫情原因影响下，北京暂时不上工，我又投资了 300 多万，除种植了几十亩李子和桃子，还进行了果园的自动化滴灌，和小河疏浚及围堰工程的建设。沃柑种植出果后，我们将对接超市，直接销往北京，到时候，我们将拿出百分之五十的利润来增加土地的流转费用，把 800 元一亩的流转费上调至 1000 多元一亩，让家乡的老百姓得到更多的实惠。"

听着邓波的介绍，望着眼前一排排绿油油的沃柑树和远处的雷竹林，迎风摇曳。我不由感慨，这是一片充满希望的田野，这是一片脱离贫困、充满致富激情的热土，这里将成为新时代的世外桃源。美好的明星镇正是有了这些致富不忘家乡、振兴乡村经济的排头兵邓波，和锐意进取、砥砺前行的领路人、镇村一级的书记、党员干部，我们的扶贫工作才显得更加实际、扎实而有效，村民生活也越来越美好。

我的精神"脱贫"故事

叶长贵

不怕丢脸地说,我因身体严重残疾的缘故,不但在物质层面上极度贫困,而且在精神层面上也特别贫困:在人前很坚强、很阳光,其实内心却非常脆弱。稍微遇到一点儿打击,就萎靡不振地自卑……

老实说,从小到现在,我都不是一个对物质特别挑剔、对金钱欲望特别强的人。身上穿的,无论什么档次的布料,只要能够遮羞、挡风、御寒就好;一日三餐,无论什么档次的食物,只要能够饱腹就好。然而,在精神层面,我却总是想在人前展示"我就是巍然屹立地站在珠穆朗玛峰顶的那个人"的那一面。

我的这种死要面子活受罪的性格,注定我在落瘫之后,尤其是在后来学习写作的很长一段时间,精神层面上的"脱贫",非常艰难。

所以,这些年来,我心里一直很感激一个微信名为"谢谢谢"(请恕我不能说她的尊姓大名)的领导。是她,一而再再而三地帮助,我才走出了精神"贫困"的阴影。

至今，我都还清楚地记得，与"谢谢谢"首次见面，是在2006年元旦的那个阳光明媚的下午。当时，我躺在床上，凝视着旁边桌上的某省级刊物头面领导给我的第二封亲笔回信，愁绪万千……

我之所以有那样的愁绪，是因为那位某省级刊物头面领导，他在第一封信中说："你的文章写得很好，下期一定给你发表"。然而，他在这封信中却说："你的文章篇幅有点儿长，非常抱歉！"

对此，我百思不得其解：这，真是篇幅有点儿长的事吗？他一个深居高位的老文学工作者，怎么可以如此出尔反尔呢！

正当我为对方中途变卦的事，迷茫、惆怅、失落集一体的时候，大门外忽然走进来一行陌生男女。为首的，是一位非常亮丽的壮年女人。这个女人，就是"谢谢谢"。

听过我的陈述，"谢谢谢"为之一笑。说："长贵，对方中途变卦，的确有些不对。但，你也无需为此过多地耿耿于怀。俗话说得好，是金子总会发光的。"

虽然与"谢谢谢"是首次见面，但从她那朴实无华的衣着和真挚言语中，我还是很快觉察出，她是一个很有草根情节的人。所以，我也就无所顾忌："啥金子啊，我就是个遭人嫌弃的废物而已。"

"谢谢谢"立刻正色："你怎么可以如此着贱自己呢？在这个世界上，没有哪个人天生就是贤才的，没有哪一件事，是随随便便就成功的。要想在某方面有较大的成就，就必须经得起各种各样的挫折。唐僧师徒四人去西天取经，还历经九九八十一难啦！所以，在生活中，我们一定要学会做一个有理想、有志向、有宽广胸怀的人。在学习写作的过程中，既要有水滴石穿的恒心，又要有铁杵磨成针的耐心，还要有胜不骄、败不馁的平常心。"

"谢谢谢"的教诲，我铭记于心。大约半年之后，我的另一篇自认为是经过千锤百炼的文章，果真得到了另一家刊物的编辑的认可。可是，欣赏过刊登在刊物上的文章，我的脸一下子就羞成了熟桃：改动了许多地方，与原稿的内容都大相径庭！于是，我就暗骂自己：看来，真是愚不可及啊！

就在我深深地陷入自卑的时候，"谢谢谢"冒着淅淅沥沥的绵绵秋雨，带着许多书籍，翻山越岭再次来到我家。得知我的心事，她微笑："在成功面前，你能自我反省，说明你进步了。"说到此，她话锋一转："不过，你不该如此妄自菲薄。当下，你应做的是用心去反复理解编辑为什么要这么修改，用情去反复阅读你的原文和编辑给你修改过的文章，尤其是我给你带来的这些书上的文章。久而久之，你就能领略到写作的真谛了。"

斗转星移，转眼之间就到了2016年。这一年，于我来说是一个极其驳杂多难的一年：首先，前期多篇投稿，都石沉大海；接着，在三月份的一次出门游览的过程中，连人带轮椅车掉入水库，同时，右臂肌肉严重拉伤；半年后，右臂肌肉拉伤刚才有明显的好转，左腚部又患上了严重的褥疮。更苦不堪言的是，在县医院住了月余，褥疮不但不见好，反而更加严重。万般无奈，只好转院到市中心医院。

市中心医院的医生,无论是医术,还是医德,都比较好。但,就是医院的医疗费用高得惊人:住院三天不到,就用了四千多块钱。这四千多块钱,对于一般的健全人,也许根本就不算个什么。可对于我这个大半身瘫痪的残疾人来说,无疑是一个大得离谱的数字!

也许是我命中与"谢谢谢"缘分未尽,也许是"谢谢谢"从其他朋友那里得知了我生褥疮,转院的信息。入院的第四天早上,正当我面对院方下缴费的最后通牒,想就此终止治疗,回到原点,任其进一步恶化之际,"谢谢谢"及时地来到了我的病房。了解到我的具体情况,她与院方积极沟通,最终帮我解决了住院费。然后,她回过头来把我宽慰了一阵,说:"身残,志一定不能残;物质再怎么匮乏,精神也不能坍塌。在这方面,你一定要向当年的老红军,老八路好好地学习。"最后,她殷切希望地说:"你是一个非常明事理的人,愿你永远做一个生活的强者!"

当时,我并不知道,"谢谢谢"因工作业绩显著,职务早已相继升了三级。我只是打心眼里感激她这位与我既没有丝毫血缘关系,也并非同乡的心善如佛的领导。

在这一年一度的元旦又将来临之际,我相继接到两篇文章在不同的省获奖的喜讯。此刻,我手捧着红艳艳的证书,自然而然地想起之前屡次给我精神"扶贫"的"谢谢谢"。于是,我引颈遥望着她现在工作的城市的天空,感情的潮水不由自主地夺眶而出:恩人,您的大恩大德,我永世不忘!恩人,您的高尚情操,我将传承永远!

散文卷 / 113

川中"样板村"炼成记

张苹勇

6月9日上午,我早早来到沱牌镇人民政府大院,等待射洪市文联组织的采风组到来,准备一同去隔河相望的龙泉村采风。

沱牌镇龙泉村,由过去的清泉村和青龙村合并而成,是全市脱贫攻坚中取得辉煌成绩的示范村之一。我对龙泉村久闻其名,迫切希望早些去实地采访,感受她的勃勃生机,倾听她在致富路上演奏的时代乐章。

机会终于来了,射洪市文联组织全市文艺工作者,深入乡村进行采风活动,我被分配到沱牌镇龙泉村,让我如愿以偿,喜悦的心情如春花绽放。

听人们说,过去的龙泉村曾经是个交通不便、信息不畅的偏僻小山村。30年前,一个叫马敬洪的乡村教师从这里走出来,一步一个脚印,走进了绵阳市,获得了广大干部群众的认可,并担任了绵阳市常务副市长。在他的关注和支持下,由国家补助、受益群众出资和企业家捐资,修建了一条长10

多华里的盘山公路，连通了青堤乡和青龙嘴，从此，龙泉村的父老乡亲，再不怕涪江阻隔，进出不方便了。

射青（射洪——青龙嘴）路通车后不久，龙泉村几百户村民，在村里的规划下，在公路两边修高楼建集镇，临街商铺几百间，远近的老百姓，生意人，逢场天都来集镇交易农副产品，或进茶馆喝茶聊天，或经营百货超市，或开餐饮客栈。从那时起，川中第一个村建集镇在龙泉村诞生了！

几年前，龙泉村人民盼望已久的柳树电航工程竣工，宽阔平坦的电航桥，将龙泉村与沱牌镇紧紧相连。去年，射洪撤县建市前夕，市委市府又将青堤乡与沱牌镇合并，龙泉村重新回到沱牌镇怀抱（该村于1953年从原柳树区划出归洋溪区管辖）。据说，自从柳树电航桥通车后，龙泉村的变化，可以用"翻天覆地""日新月异"来形容了……

"张老师快上车！"正当我站在沱牌镇门口思绪万千时，一辆轿车停在我身边，市卫计局退休干部、陈子昂文学社长董泽永叫我上车。董泽永是赴龙泉村采风组负责人。

沱牌镇党委委员、组织委员刘旭彬同志负责联系去龙泉村接待采访组。那天上午，镇上召开重要会议，刘旭彬一时无法脱身，他安排龙泉村副主任来陪同我们采风。一听说村副主任叫李龙全，我们都哈哈大笑起来。"龙全"带领"龙泉"奔小康，名副其实。也许，龙泉村的一村之长，上天就早有"安排"哟！

在李副主任陪同下，我们沿着新修的柏油公路，依次参观了正在改建的六角亭广场，这是该村正在精心打造的目连孝德文化广场的一部分。

我们来到青龙场集镇参观采访。步入集镇，眼前一亮，超市内的商品琳琅满目，街道整洁漂亮。李副主任说，这里的集镇逢每月1号、4号、7号，（即每旬尾数1、4、7）赶集。每逢赶集这天，集镇上热闹非凡，鸡、鸭、鹅，各类禽蛋，猪肉、牛肉、羊肉，鱼、大米、干面、玉米、豆类，还有各种衣服鞋袜，各种青翠欲滴的蔬菜水果，将一公里多长的街道两边，挤得满满的，叫卖声此起彼伏，不绝于耳，那才叫个热闹哟！可惜，这天不赶集，场镇看起来显得相对冷清。无商不富，龙泉村能够率先致富，成为乡村振兴示范村，青龙场的商品交易功不可没。

我们经过一个叫"青龙巷"的敞门，来到别具一格的样板村参观。这里家家户户的墙壁粉刷一新，形态各异的壁画，无一不展现出美丽新村的新气象。壁画多以"龙"的形象和孝德文化元素为主，作者匠心独运，别出心裁，壁画中的飞龙、猛虎和目连尊者栩栩如生，呼之欲出，走在村中，让人如同置身于神话之中。我大略数了一数，整个青龙巷有各类壁画100多处。工人们正在紧锣密鼓地铺设路砖，美化乡村。每家门前的道路都用特制的水泥花纹砖铺设，无论天晴下雨，行走在乡间小路上，再别担心鞋子被打湿，更不用穿水靴了。路边水渠流水淙淙，好像正在吟唱一首春天的颂歌。

李副主任指着一块狭长空地说，青堤铁水火龙陈列馆正在规划筹建之中。青堤著名的三大非物质文化遗产：目连故里、青堤菜刀、铁水火龙，早已闻名遐迩，中央电视台曾多次播报。等目连孝德文化广场、铁水火龙陈列馆等项目竣工后，一定会吸引更多的人前来观光旅游。

村中有一位叫马敬堂的老人，70多岁，曾当过生产队长，他儿子儿媳在青龙场开超市，两个孙子分别在射洪市绿然学校和子昂小学读书。老马听说我们是市文联派来采访脱贫攻坚的"笔杆子"，便主动给我们当解说员。马大爷热情洋溢地介绍了龙泉村的历史，说这个村所在的山如同一条卧龙般活灵活现：龙嘴伸进涪江，龙尾抵目连寺，山上青枝绿叶，人们叫这座山叫青龙山，山下叫青龙嘴。老马还绘声绘色地介绍了在脱贫攻坚中，省、市、镇、村各级干部们和相关帮扶单位不遗余力帮助乡亲们勤劳致富奔上小康路的动人故事。

单以土地流转来说吧——在未建柳树电航桥之前，青壮年大多外出务工，空巢老人与留守儿童占多半，大片大片的土地杂草丛生。由于山道崎岖，远离集镇，交通不便，农副产品运输成本太高，除了锅巴没有饭吃。所以连400元一亩价格都没人愿意承包。

栽上梧桐树引来金凤凰。自从射青公路通车，特别是电航桥通车，大车小车昼夜不停地往返于龙泉村，很快就带动种植业主和养殖业主到村里安营扎寨，涪坡（涪江边）"淘金"。农民的土地增值迅速，一亩地的流转金涨到1200元。目前，有10多位当地和外地人，争相承包土地种玉米、萝卜、海椒和养殖肥猪。

村支书王武林告诉我：本村9组马祖前承包60亩，10组马远兵承包150亩，10组马中承包40亩，9组赵勇承包30

亩，7组马良承包 50 亩。射洪市洋溪镇武显岩村何洪山承包 200 亩，重庆市潼南县林定学、米红旗、米思国、林定平、邓召先分别承包 350 亩、250 亩、180 亩、100 亩、150 亩……龙泉村近 2000 亩油沙沃土被"瓜分"，乡亲们在自己地里"上班"，除了稳收土地承包费，一年至少要挣 15000 — 18000 元工资，就是睡着了也要笑醒啰！

不知不觉，李副主任和马大爷将我们带到了大篷蔬菜种植基地。这是几年前，龙泉村第一书记韩平从外地引进的一个涉农富民项目。"老板"何洪山原是洋溪镇武显岩村支书，种养殖大户，拥有丰富的种植蔬菜经验，他技术精湛，见解独特，对市场的农产品需求了如指掌。他一次性承包了 200 多亩土地用于种植甜椒（俗称大红袍），销往重庆成都等大都市蔬菜批发市场。何洪山说，他的蔬菜生产基地，一年种二至三季高端蔬菜，采用轮种的方式，提高产值。主要种西芹、冬瓜、豇豆、甜椒，每亩纯收入在 8000 以上。他常年雇佣 70—100 个村民干活，让他们在自己的家门口就业挣钱。

何洪山支付工资的方式也与众不同：当天干活当天付薪，从不拖欠一分一厘，工人拿的都是"现米米"，来这儿务工的人心里特别踏实，干活也特别舍得出力。

这天，天气异常炎热，塑料大篷里，几十位民工正挥汗如雨忙着采摘，何洪山负责驾车转运摘下来的甜椒。在一个很大很高的工篷里，5、6 名女工正专心致志忙着择椒和装箱，外边排着几辆大卡车正等待着运货。当天采摘的鲜椒，当天就要运到大城市批发市场，当天可以端上城里人的餐桌。

目前，龙泉村马远兵、赵勇、马良、马继前的养殖场共有架子猪 5000 多头，4 个养猪场年出栏肥猪 12000 — 15000 头。另外，马继前还承包了 200 多亩梨园，单是出售鸭梨的收入超过 50 万元。

青龙山上，树木遮天蔽日，鸟语花香。群山环抱的青龙水库波光粼粼，鱼儿在水中自由自在地嬉戏游玩。一群鸭子在水中呷呷欢叫。我们仿佛置身于陶渊明笔下的"桃花源"中，乐不思归。

刘旭彬开会结束后赶到龙泉村，他要亲自带我们去参观生猪养殖场，我们只好匆匆赶到村办公室。

我们一行人在刘旭彬陪同下，参观涪江边的生猪养殖场。由于疫情还未彻底解除，养殖场老板担心猪生病，就婉言谢绝了我们进场参观。他站在猪场外空地上，滔滔不绝地介绍了猪场的养殖规模和销售情况。这个养殖场利用龙泉村得天独厚的地理条件，利用河岸边无污染的农作物做饲料，给消费者提供的全部无任何污染的"绿色食品"。

村支书王武林介绍：沱牌镇是省级特色小镇，龙泉村在 2019 年已经全部脱贫，2018 年人均纯收入 16850 元，2007 年建成村级场镇，2008 年列为首批新农村建建示范村，2018 年 7 月被列为乡村振兴示范村。

这次采风活动，摄影师杨斌先生更是忙得不亦乐乎，他蹲着身子，找准角度，用聚光灯对准龙泉村一个又一个亮点，用上百个生动的镜头，鲜活翔实地记录下了龙泉村的崭新面貌。

前不久，射洪市至沱牌镇的9路公交车，又从柳树电航桥上跨过滔滔不绝的涪江，延伸到龙泉村，公交车一天往返3班，极大地方便了村民到沱牌镇、到射洪市，也能够送子女去接受更加优质的教育。

射洪市沱牌镇龙泉村在脱贫攻坚中，能够脱颖而出，成为遂宁市首批新农村建设示范村和振兴乡村示范村，主要是党的惠民政策好，当地干部群众抓住了千载难逢的发展机遇，万众一心奔小康，全面落实土地流转，因地制宜，科学施策的结果。

一滴水可以折射太阳的光辉。美丽富饶的沱牌镇龙泉村，是我国新农村建设的一个缩影。龙泉村的4300多位父老乡亲的日子越过越好，他们迈向富裕之路步伐越来越铿锵……

最后，我用马敬堂老人的四言诗祝福龙泉村的发展越好：

乡村集镇，商贾如云。

土地流转，沙里淘金。

美化环境，旅游兴村。

脱贫攻坚，政策惠民。

青龙昂头，万象更新！

新诗卷

遂宁市脱贫攻坚诗歌散文选

二教寺村见闻

李林昌

从太和镇出发,顺着247国道一直向南
穿过沱牌镇向西,行十里就到了青岗村
被整理过的土地,还有红瓦白墙的小别墅
比想象的漂亮,和画报上一样

绿油油的山连着山,山上的油桐籽已比李子大
路边连片的槽沟地里,不知火的青果喜滋滋地在枝头摇曳
水泥路通到田间地头,连接千家万户
我在这里看到了农村最美的图腾,未来农民的美好前景

曾经荒芜的田地,如今每一寸都充满生机,欣欣向荣
在希望的田野上,老农民站在拖拉机旁
曾经布满愁云的脸上,笑逐颜开,喜气洋洋
闪着泪花的眼眶里,除了喜悦,还有感恩

村支书匆匆忙忙从镇上赶来,讲起了农村的变迁

如今青岗村已经彻底脱贫，正奔跑在小康路上
施药使用无人机，栽秧用上插秧机，滴灌进入田间
喊了几十年的农业机械化，就这样在丘陵山区实现

都是党的政策好啊
一个土地流转，一样的土地价值打滚翻翻
新机制兼顾了农民、集体、投资人三方利益
山上的贫困户也搬进了花开四季的小别墅
腰杆直了，充满自信

振兴农村，农民将成为高贵而体面的职业
土地流转实现身份转换——农民变成了股民
居家的妇女也能挣钱，成了自由自在的田间工人
年轻人出远门闯世界，去实现他们的价值人生

群众路线从来没有像今天这么具体
我在这里看到了精准扶贫最好的诠释
土地流转撬开了快速致富的大门
同心同德，同奔富裕

如今青岗村并入了二教寺村
消失了的名字却留下了永远闪光的印痕
在这片崛起的土地上，有了
中国丘陵最美农村的雏形

致富之路

刘德禄

土地田野还有山坡
是你生活游乐的窝
挖一个坑
施一把肥
种上储藏生命的种子
浇注满满的甘露
静听新的生命唱歌

嫩芽从土里冒出来
惊醒了春天的梦
发芽抽穗开花结果
舞弄田间地头的伺者
把地涂鸦成斑斑驳驳
引来蝴蝶蜜蜂筑歌
美丽的乡村风景

在春姑娘巧手中穿梭

裁剪枝头疏花
日出东方夕阳西下
岁岁年年今又是
花开花落春不老
面向黄土背朝天
你画出了最美的诗画
人生当属你最苦
犹胜蜜蜂采花舞

阳光走过金鸡山

罗明金

金鸡山雾岚散开的早晨,
鸡声和每一缕阳光都很细致。
大片的猕猴桃纷纷摇着手掌,
一排排果子在鸟声中微笑。
这微笑不仅是梁老板的梦啊,
这微笑更是乡亲脱贫的希望。
此刻园子边的水泥路挽着灌溉渠,
郁郁苍苍的香桂林高举绿色旗帜。
那油光闪亮的叶子翩翩起舞,
期待着丰收节到来的枝繁叶茂。
垭口上,阳光再次向小山村检视,
一千多个日夜的山路为谁蜿蜒。
乡亲们脱贫了张书记也要离开了,
履新的他带着小宋再次走过山岗。
离别前的叮咛全都是乡亲的冷暖,

一张蓝图布满了乡村振兴的希望。
"张书记你让我重新挺直了腰杆啊"，
"老上访"把你的手握得生疼不放；
"张书记好啊，共产党好啊"——
大爷大妈感激的笑声依然在村头回响。
阳光铺满山头铺满田畴的瞬间，
露珠已缀成泪滴在草尖上闪亮。

我相信
——致拱市村第一书记蒋乙嘉

庞雪君

我不怀疑这些核桃和粮食
不怀疑你许下的诺言和流下的泪水

不怀疑通途在泥泞中起身
不怀疑图书室、卫生站打开生活之门
朵朵金莲治愈了村民的失眠症

我相信春风和飞鸟的投影
相信月光下的池塘和迎面而来的桃花

相信你的脚步遇荒坡而青葱
相信你的血液遇枯流而泉涌
村庄的梦想和你的内心渐渐一致

晨曦中,你推窗看见
又一个漂泊多年的人渐行渐近
出现在村庄的地平线上

重建家园

任光福

瓦片坍塌,稀落
家像残留鱼骨,蛛网窗洞
哑口
无话可说
墙壁木头,风化腐朽
与乡镇城市化主旨不合

从前,为确正界限
城乡接合部的盲争,要挟
以强欺弱,不屈
母亲善举,化解无理争夺

家,为我们遮挡过惊恐
带来过天伦之情
重建家园

良知良心，不容麻木
众望所归，再不冷漠

树高千丈落叶归根
天下圣人都爱故土
何况你我
还魂的家，牵系飞翔
他若放手
我们究竟能飞多高
不用多想，不用细说

为家洗脸，梳妆，整容
好政策接地气，街镇领导速评估
现场拍板，次日开工
危房缮建，只为重拾家的体温
寻回爱的香浓

铺烟桥葡萄园

田文春

徜徉在射洪广兴镇铺烟桥葡萄园一片
汪洋的寒流之上,你不会觉得有多冷。
几十亩枝条齐刷刷望着天空把阳光呼唤,
身躯瘦弱但保持着积极向上的姿态,
你看不到丝毫
苍茫宣纸上的衰败破笔。

这一支支枯藤,遭遇
霜冻的刺割,寂寞荒凉的挑衅,
偶尔一场雨夹雪的围攻,但摁住呜咽
一切都能忍受。来年春潮滚动
带来三月和风,
抽枝、发芽,亮晶晶地探出枝头
那醉人心魄的美——

像一个女人昂扬,背负起
一个冻季走过,迎来四月。
像一群女人
揣激情迎风而上的勇气精耕细作稳打稳干
最后拥抱丰收的喜悦。

像县妇联扶持的这一片贫瘠土地,
不抛弃不放弃给你送一轮新生的太阳!

如此,怎能不成夏日水晶
供世界清凉。

新愚公

杨泽均

父亲想从大山深处
修一条公路出去
这条路很长,蜿蜒、曲折、坡大石硬
有时,父亲有些气馁了
照此速度,怕是这辈子走不出大山了
儿子问父亲:为什么要修这条路呢
为了这山里的橘子能卖出去,不致腐烂
为了你能继续读书,不再辍学

想想未来,他觉得,他不应该气馁
他应该带着老婆一起来修
等到他老了,修不动的那一天
他让儿子来接着修
总不能让后代子孙都受穷受愚

他只是有些遗憾
为什么我的父辈就没此想法呢
不然,我也不会成为今天的睁眼瞎

帮 扶

郑明生

通户公路通了,心与心也就近了
坐下来拉拉家常,人与人就亲了
送上大家庭的爱,冰消雪融,心就暖了

比比过去的苦,看看今天的甜
畅想未来的梦,自信干劲就来了
存上一个电话,常常联系
彼此牵挂就留下了

串串家门,出出主意
想想办法,用勤劳和智慧
把青山绿水变金山银山

破屋陋室成农家别墅
没有一个掉队,不落下一个
真心真情真意,传递党恩
共同脱贫致富奔小康,乡村就美了

诗词卷

遂宁市脱贫攻坚诗歌散文选

鹧鸪天·涪西脱贫攻坚战（外一首）

陈大君

路远山高盼遇仙，三湾历代苦难言。中央制定脱贫战，书记搜寻致富篇。

播玉芷，种金丹，猪羊鸡鸭满青山。村官犹似民儿女，户户家家情愫牵。

浣溪沙·采风鲤鱼村

夏日炎炎去采风，涪西彩凤舞苍穹，鲤鱼村掩白云中。

书记三湾寻出路，村民五岭建奇功，身临宝地感由衷。

沁园春·赴金家镇金鸡村"扶贫"采风

曹家万

文友驱车,采访金鸡,美景悦神。昔瘠偏苦地,织麻为锦,旧颜嬗变,梦想成真。少见荒田,路通如网,丽院华居洁雅新。沟梁上,览猕桃香桂,分外骄人。

丰收源自耕耘。历数载、领班组铁军。握千秋机遇,凝心奋进;动员父老,挣脱穷贫。致富英才,倾情桑梓,热血浇来满目春。归时望,白云蓝天下,日晟风亲。

满江红·赞白马庙村脱贫攻坚

陈天佛

矢志攻坚,图强进,除荆斩棘。谋福祉,助贫扶困,呕心沥血。药藕鸡猪高效益,瓜蔬果豆丰功绩。砥砺行、巩固"十佳"村,群情热。

普科技,民喜悦。联厂企,支农业。树雄心、敢创市先奇迹。社社全除贫困相,家家尽焕豪华色。舞长鞭,跃马启新程,高峰越。

〔仙吕·寄生草〕
脱贫村秋日一瞥（外一首）

刘善良

秋风爽，雁字长。山沟隐约歌儿亮，池塘潋滟鱼儿胖，楼房错落人儿壮。枫红绕梦四十年，山青带笑三千丈。

水调歌头·农家中秋

今夜万家聚，喜气直冲天。也聊仓里粮足，连笑数丰年。古井分明稀罕，小草参差绿满。乡里已消寒。大梦在心底，佳景隐山间。　嚼甜饼，观好月，醉难眠。酒香扑鼻，熏得多少酒窝圆。鱼肉肥柔迷眼，米饭鲜酥惊叹。岂敢再求全。一幅中秋画，千里美娟娟。

行香子·云辰扶贫

罗艳春

序：庚子初冬，采风云辰。听其故事，感触尤深。六百多万，慷慨扶贫。如此大爱，当以歌吟。遂以一阕《行香子》记之。

一旦生根。便念黎民。又洪城、抚弱扶贫。心昭日月，曲遍行云。向武安坡，茶店岭，板桥村。　修桥铺路，安灯造屋。喜千家、得沐深恩。其情耿耿，其爱殷殷。暖这方土，这方水，这方人。

满庭芳·山村气象新

刘礼前

原野飞霞，山乡溢翠，新村万象昌隆。路宽通畅，峭壁挂长虹。万顷金黄稻浪，秋光美，果硕粮丰。农家乐，庭楼绘彩，老少喜融融。

扶贫春雨洒，甘霖滋润，情暖心中。助立志，经营"五业"繁荣。抒困帮扶创业，展身手，达富脱穷。康庄道，欢歌起舞，朝日耀彤彤。

七绝　窑坝吟（七首）

廖化龙

石磴险滩舢舨船，提心吊胆过河难。
千年夙愿今终了，两岸双桥万户欢。

窑坝梓江三面环，交通不变步蹒跚。
双虹焕彩春催绿，车靓楼新户户欢。

楼阁亭台花竞艳，松青竹翠鸟音啭。
农家乐里笑声甜，三面环江天独眷。

地绿天蓝白鹭飞，桃花水发鲤鱼肥。
渔歌未落欢声起，红日依山不肯归。

泼墨挥毫弄管弦，吟诗品酒赏河鲜。
夜阑人静情犹炽，劲舞狂歌笑语欢。

三面环江飞百鹭，八方来客醉初心。
新时代里农家乐，水绿山青日斗金。

转包土地连成片，蟹美鱼肥蔬果鲜。
楼映碧波窑坝美，荣膺"四好"靓天仙！

水调歌头·见农户厅堂挂 "天道酬勤"匾有感（外一首）

马继清

华夏脱贫事，决战值攻坚。五千年史，农耕经济久绵延。纵使东方破晓，大地春风吹拂，僻壤绿难全。而今艳阳暖，照遍好河山。　国图强，民盼富，势必然。干群同道，携手协力破穷关。政府助资驱动，天道酬勤勉励，等靠福无缘。执守初心志，共谱富强篇。

浣溪沙·孟冬赴云辰国际扶贫对象大榆镇茶店子村采风

一串红灯照孟冬，太阳能亮夜空中。施茶驿道漾遗风。润泽尘寰行雨露，普施慈善惠乡农。大榆荫下暖融融。

赞银行扶贫贷款（外二首）

全凤群

扶贫农贷益千乡，到处催生种养场。
原是穷山无出路，今看茅舍变楼房。

南乡子·变迁

节日返家山，云淡天高道路宽。林立小楼多敞亮，炊烟。却见村东宴席欢。　忆四十年前，茅屋低檐四壁寒。野菜充饥肠辘辘，心酸。今有豪车在院前。

扶贫下乡

走乡入户为扶贫，泥一身来汗一身。
踏破皮鞋还赤脚，避开柴犬又寻人。
星光有爱明归路，荆棘无情刺累身。
待到千家都致富，便能不负此时辛。

〔中吕·山坡羊〕随市政协欧斯云副主席一行到射洪双溪镇定点扶贫村（外四首）

王晓春

轻车熟路，情牵农户，张三李四家珍数。养肥猪，种蘑菇，门前几棵核桃树，屋后又挖塘几亩。心，不再苦，人，不再土。

莲花湖五琅渡口远眺

如画如诗欲问津，清溪一捧洗凡尘。
是谁偷得神明力，撒落人间十万春。

〔中吕·醉高歌带过红绣鞋〕拦江镇凉风垭村

争来畅享凉风，难舍慈祥老农。枝头硕果齐圆梦。纸袋包装受宠。（过）扑面香清心动，入眸霞染遥峰。排排嘉树挂玲珑，葡萄紫，翠桃红，真个是风情万种！

〔仙吕·寄生草〕秋访蓬溪任隆八角村听支书解说

芦花放，稻谷香。一池活水鳞波漾，一坡硕果枝头荡，一排楼阁玻窗亮。卅年心血为乡亲，一村改变贫穷样。

鹧鸪天·参观蓬溪拱市村

不愧当家大写人，回乡创业为乡亲。倾囊栽起梧桐树，金凤衔来浩荡春。　　修马路，治穷根。满园青翠满园珍。清风吹得心窝暖，地涌金莲水跃鳞。

访莲花湖畔新村（外四首）

吴　江

湖滨芳径惠风徐，碧水惊波时跳鱼。
白发村翁遥指处，莲花那畔是新居。

新村佳景

春风一握小山村，花笑瓜肥客满门。
印色红看合同晒，掌心捧起日光温。

新 村

春光何处好，农父崭新家。
安宅双飞燕，盈门七彩霞。
客商跻网络，蔬果售天涯。
篱上牵牛美，齐吹小喇叭。

田园秋色

乡村秋不芜，耕稼一何愉。
锄舞丹青笔，畦开迷彩图。
黄花好颜值，白发老农夫。
红叶随风动，沙沙散露珠。

脱贫人家

小院春风笑语哗，时清岁稔岂虚夸。
牵丝网跃池中鲤，抬竹筐盛架上瓜。
致富梦心连一片，扶贫业惠及千家。
兴高茗醉同望远，阔野遥天灿锦霞。

七律·访涪西镇鲤鱼村扶贫安置点
（外一首）

谢德锐

排排野墅是农家？粉壁牵藤路影斜。
未见夕阳淹岁月，却听喜鹊唤芳华。
龙头泉水灶台响，蓝焰火苗锅底爬。
寄养畜禽翁乐活，明朝晓梦发新芽。

五律·涪西镇鲤鱼村采风参观白芷种植基地赠扶贫工作队干部

远乡多僻壤，洒落汗珠稠。
天劈坡梁地，人当孺子牛。
犁平山皱皱，种满绿油油。
一望精神抖，初心亮眼眸。

水调歌头·扶贫攻坚

杨洪全

庚子年十月初九,扶贫攻坚工作圆满收官,举国振奋,遂填词以记之。

贫困古来有,何日能攻坚?神州一声惊雷,攻坚战火燃。幸得惠农和政,更加众志成城,勠力克难关。春风拂万里,旧貌换新颜。

两不愁,三保障,俱已欢。新村气象,恬然逸趣自成闲。党建引领入户,统筹推进"三农",扶贫奋仔肩。妙手丹青绘,宏业谱华篇。

脱贫攻坚诗词(二首)

张 勇

【双调·折桂令】颂扶贫公益捐赠活动

高歌大爱无疆,济困扶危,慷慨倾囊。同一蓝天,有难处踊跃相帮,有贫富互相扶将,教人世弥漫阳光,鸟语花香,四季呈祥,父老乡亲,幸福安康!

鹧鸪天·第一书记颂

累月长年几日闲,宵衣旰食苦攻坚。助推产业增收入,确保安居无冻寒。　　心耿耿,意虔虔,人民福祉系胸间。齐心打好收官战,斩尽穷根唱凯旋!

鹧鸪天·脱贫攻坚抒怀
（词林正韵：九佳六麻）

张莘福

全面小康决策佳,东风浩荡满天霞。
倾情济困千秋颂,精准扶贫万众夸。
强社稷,富民家,齐心协力建中华。
英明党政施甘露,禹甸宏开幸福花。

脱贫攻坚（二首）

张治祥

忆秦娥·观家乡改板沟"中国农民丰收节"现场视屏

清秋节，画图改板沟中绝，沟中绝。洋姜花艳，乡亲意惬。

一呼百应欢声彻，十盘九碗甘醇烈，甘醇烈。举杯祝福，丰收路阔！

【中吕】山坡羊·访沱牌镇青龙村

田畴宽广，大棚头档，水灵萝卜生姜胖。土生金，产销强广场花靓，亭台古样，多姿壁画青幽巷。人，心舒畅；歌，声高亢！